雲を離れた月

相川英輔

雲を離れた月＊もくじ

装幀・装画　w.okada

雲を離れた月

まるでポップコーンが膨らみ弾けるように、昔話や各々の近況が店内を飛び交っている。買ったばかりの携帯電話の自慢やつきあい始めた恋人の話、来年に迫った日韓ワールドカップについて熱心に語っている者もいる。源は作り笑顔で両隣の相手をしていたが、心はそこになかった。

一人の男が順繰りに席を回り、名刺を配っている。大学には進まず探偵事務所に就職したのだという。「何かあったら電話くれよ」と営業活動に勤しんでいる。田丸和也と書かれているが、名前にも顔にも記憶がなかった。そもそも働き出してわずか一年半で人に頼られるような仕事ができるとも思えない。

次から次に料理が運ばれてくるが、箸をつけても味はほとんど分からなかった。興味のない話題に相槌を打ちながら視線を往復させる。畳敷きの中部屋に詰め込まれた約三十人の顔ぶれを、すでに三周は見渡していたが、島田君を発見することはできなかった。中学時代から五年が経っているとはいえ、そこまでがらりと人相が変わることはないはずだ。見間違えることはないだろう。やはり噂は本当なのだろうか。

アルコールと揚げ物の臭いが室内に充満し、次第に気分が悪くなってくる。久しぶりに再会した女子の前でいい格好をしようとする男の無駄な大声や、それに対するわざとらしい嬌声にもうんざりだ。

島田君を捜しに来た。気乗りしない同窓会にわざわざ出席した理由はただその一点だけだった。彼を見つけ、安心したい。

探りをいれるような真似はあまりしたくなかったが、仕方ない。源はトイレに立つ振りをして席を外した。

「盛り上がってるところを悪い。あのさ、今日、島田君は来てないのか?」

源は幹事席に座る男にそう聞いた。相手は、乾杯の挨拶のときに佐久間と名乗っていたが、この男のこともほとんど覚えていなかった。当時、クラスに友人らしい友人はいなかったし、そのことに恥ずかしさや劣等感を覚えたこともなかった。

「えっ、だれ?」

すでにかなり酔っている様子の佐久間は、ろれつが回らなくなり始めている舌でそう聞き返した。

「島田君。たしか下の名前は啓一だった思うけど」

「しまだけいいち？　ええっと、どんな奴だっけ？　ちょっと思い出せんわ」と言って佐久間は笑った。隣に座る男もつられて噴き出す。何がおかしいのか源にはまったく理解できなかった。

「眼鏡で痩せててさ、ちょっと暗い感じだった」源は辛抱強く説明する。

「ああ、あのいじめられっ子？」

源は曖昧に頷く。

「来てないんじゃないか？　ハガキが返ってこなかったと思うし。周りを見てみろよ。いたか？」

「いや、いないみたいなんだ」

「なら、来てないんだろう」

「――分かった。ありがとう」源は形だけ礼を述べ佐久間から離れた。役に立たない男だ。

ともかく、ここで生死は確認できないということか。彼と親しかった人間はいないだろう。考えてみれば、そもそも彼が昔のクラスメイトに会いたがるはずがない。無駄足だったかもしれない。日隈の姿は見えるが、あの男と話すつもりはなかった。唯一手がかりになりそうな人物ではあるものの、会話を想像するだけで不快な気分になる。昔から嫌いだったし、それは今も変わらない。一次会が終わったところで源は帰ることに決めた。

店を出ると、ひどい蒸し暑さに足が止まった。体は汗を出したがっているにもかかわらず、店内で冷えたせいで汗腺が開かない。どこかで蟬が鳴いていた。腕時計に目をやると、すでに夜十時を過ぎている。こんな都会のどこに居場所があるのだろう。ビルの壁にでも張りついているのだろうか。二次会はカラオケだそうだ。源はぞろぞろと連れ立って歩く群れの最後尾につき、傍を歩いている女性に声をかけた。

「悪いけどそろそろ帰るよ。後でみんなによろしく伝えといてもらえるかな」

「ええ、源君、もう帰っちゃうの。まだ早いよー。もう少しくらいいいじゃない」相手は往来で大きな声をあげ、シャツの裾を摑んできた。彼女も酔っているのだろう。まだ皆二十歳になったかならないかで、深酒に慣れている者は少ない。

どうしてこちらの名前を知っているのか不思議だった。暗がりに目を凝らすと、さきほどの居酒屋でしばらく近くに座っていた女の子だった。たしか名前は伊藤とかいった。

「明日、朝から予定があるから、夜更かしはちょっと厳しいんだ」

「え？ それってデートとか？」彼女は話しながらも足を止めようとはしない。このままだとすぐにカラオケ屋まで着いてしまいそうだ。

「いや、違うよ」

「じゃあ、何？ 大学の関係？」

「ああ。始発便の飛行機で東京に戻らなきゃいけないんだ」とっさに嘘をついた。本当は今月いっぱい実家に留まる予定だ。

「へえ、医学部って本当に大変なのね。夏休みでも大学にいかなきゃいけないんだ」

「ああ、観察実習とか現場見学とか、結構いろいろあるんだよ」

「源君、中学のときから頭よかったもんねー」

「そんなことないよ。明日、出席しないと留年するかもしれないし」

「それなら仕方ないね。じゃあ、連絡先教えて」彼女は笑いながらそう言い、軽く体をぶつけてきた。

「えっ、なんで？」

「え？　何が？」

「だから、なんで連絡先を聞くの？」

「理由ってこと？」

「そう」

「そんなの、知りたいからに決まってるじゃない」

「知りたい？」

「それ以外にないじゃない」

「……ああ、そうか」源はようやく相手の意図を理解した。

「でも今日、携帯を忘れたんだ。ごめん。自分の番号なんて覚えてないし」

源は嘘を重ねた。他人と余計なつながりができるのが億劫だった。そんなことが目的で来たわけではない。

「あっ、そう」と彼女はあからさまに怒りの目をこちらに向け、手を離した。嘘だとばれているのだろう。そして、突然叫ぶように「みんなー、源君がもう帰るってよー！」と声を張り上げた。

先を歩く大半がこちらを振り返る。おもわず顔を覆った。面倒なことになりそうだ。もういい。どうせ金輪際顔を合わすこともないのだ。源は気持ちを切り替えると、素早く踵を返した。

十歩ほど進むと、後ろから誰かが追いかけてきた。男の足音だった。嫌な予感がする。

「もう帰るのかよ。つきあい悪くないか？」男はヘッドロックをかけるように強引に肩を組んできた。日隈だった。

「放せよ」源は力を込めて相手の腕を振りほどいた。昔ならともかく、今は体格で負けていない。主従関係を示すような態度は許容できない。

「怒んなよ」日隈は冗談めかして笑ったが、こちらの強い視線にいくらかたじろいでいるようだった。息がひどく酒臭い。

「別に怒ってない。東京に帰って大学に出ないといけないんだよ」

「嘘つけって。今は夏休み中なんだろうが。だから、みんな集まれたんだろ」

「普通の学部とは違うんだよ」源は感情を抑え、歩きながらそう説明した。立ち止まるつもりはなかった。

「そうなのよ、ひどいでしょ。久しぶりの再会より勉強を取るんだって、源君は」いつの間にか伊藤までこちらについて来ていた。

「一晩くらいかまわんだろうが。それで落第するわけじゃないだろ」日隈が言う。

「落第するんだよ」源は即答する。この場を去るためなら、もはやどこまでも嘘を続けるつもりだった。

「ええ、マジか。大学ってどこもそんなに厳しいのかよ」

「まあ、医学部だけだろうけど」

「それにしたって、もう少しくらいつきあえよ。お前とちょっと話したいことがあるんだ。二次会終わりくらいに連れ出そうと思ってたんだけどな」

「話？」

「ああ」と日隈が頷く。

「ねえ、日隈君聞いてよ。源君、電話番号の交換もしてくれないのよ。私とじゃ嫌だって」伊藤が口を挟んでくる。

「伊藤さんとが嫌だとか言ってない」と源は訂正する。誰ともそんな真似はしたくないだけだ。

「言ってるじゃない。忘れたとかウソついて」

「いや、それは――」

「そりゃいかんな、源」と日隈が言う。

「でしょ。ひどいよね、この人。なんかエリートぶってさ」

「そんなつもりはないよ」

「しょうがないな。じゃあ、代わりに俺の番号を教えてやるよ」日隈が笑いながら彼女にそう言った。

「いらないわよ、フリーターの番号なんて」彼女がそう言うと、日隈の表情が一変した。

「おい、伊藤。あんま調子乗んなよ。源はつきあいたくないって言ってるんだ。察しろって。お前程度じゃ相手にされないんだよ。これから俺らは男同士の話があるから、お前はカラオケ屋に行って別の男でも探せ」日隈は相手を睨み、低い声でそう言った。

伊藤は顔を強張らせ、逃げるように駆けていった。この男は本質的に中学生の頃からほとんど変わっていないようだ。たいした取り得もないのに他人を見下し、自分が一段高いところに立っていると勘違いしている。今でも腕力と恫喝だけで世の中を渡っていけると信じて疑っていないのだろう。

「さて、邪魔者はいなくなったな」日隈は再び笑顔に戻った。

「話ってなんだ?」

「まあ、そんな焦んなよ」

「別に焦ってなんかない。でも、長引くようなら帰るぞ」

知らぬ間に大通りを外れ、一方通行しかない細い路地に入っていく。金曜日の夜、繁華街のすぐ近くだというのに、ここだけ人通りが少ない。街灯の電球が切れかかっているのか、どこか薄暗く感じた。

「お前、さっき佐久間に島田のこと聞いてただろう」

鼓動が早まった。佐久間と日隈の席は離れていたし、大勢があれだけ好き勝手に話をしていたのだ。声が届くはずがない。

「席を移ったとき佐久間に聞かれたんだよ。『島田って覚えてるか？　お前、あいつをいじめてただろう』って。心外だよな。俺はいじめたつもりなんてちっともないぜ。多少パシリに使ってはいたけどよ、友達のいないあいつを仲間に入れてやってたんだ。むしろ感謝してほしいくらいだぜ。まあそれはいいとして、なんでそんなこと聞くんだ、って聞き返したら、『奥に座ってるあいつがしつこく質問してきた』って答えた。佐久間が指した先を見たら秀才の源君がつまらなそうな顔をして酒を呑んでるじゃないか」

「秀才なんかじゃない」と源は反論したが、相手はそれを無視した。

「すぐにピンときたよ。ああ、あのときのことだなって。やっぱりお前もずっと気になってたんだろ。今日来たのも、島田の安否を確認するためだったんじゃないか」

「……」

「図星だな」

「まあ」渋々認めた。すべて見抜かれている。

「じゃあ、ウワサも知ってるんだな」

「高一の冬に自殺したらしいと聞いた。少し前に、人づてに。だから気になって確かめに来たんだ」

「ウワサは本当だ」日隈はあっさりと認めた。「公立に落ちて、俺と同じ私立の男子校に入ったんだが、馴染めなかったみたいでな。あいつ、勉強も運動もできんし、ネクラな上にオタクだったからな。高校では本格的にいじめられてたらしい。俺はクラスが別になったから詳しくは知らんが。で、学校の便所で首を吊った。一年の冬のことだ。遺書は残されてなかった。だから、親もどこにも訴えることすらできずに泣き寝入りだってよ」

「本当か?」

「こんなことウソつくかよ」

「そうか」源は頷く。

島田君が死んだ。認めざるをえないのか。緩い吐き気を覚え、その場に立ち尽くす。

「——サンニンシヌ」急に声色を落とし、日隈は呻くようにそう言った。

「えっ?」反射的に、源は聞き取れなかった振りをした。

「あと一人だよな」

「何がだ？」

「とぼけるな。死ぬ人数だよ」

「それは違う。あと二人だろう」源はそう訂正する。

「いや、あの直後、酒見があんなことになっただろうが」

「でも、死んではいない」

「あれであいつの一生は終わったようなもんだろ。死んだも同然だ。偶然、あんな出来事が起きると思うか。そうでなくても、案外どこかで野たれ死んでるんじゃないか。あれだけハンサムな顔が焼けただれたんだ。普通の人間だったら絶望してとても生きていられないぜ。転校してからどうなったかは知らんが」

「あれは事故だ」

「いいや、お前だって分かってるはずだ。あれはやっぱり呪いなんだよ」

「呪いなんて信じない」源は強い口調で否定する。

「今さら強がんなって」

「強がってなんかいない」

「お前だって、酒見がああなって、そのうえ島田まで死んだってウワサを聞いたから、わざわざ同窓会なんかに来たんだろうが。医者の卵だかなんだか知らんが、俺もお前も一緒だよ。あのときの呪縛からまだ抜け出せてないんだ」

返す言葉がなかった。話しながら日隈がさらに細い道へと誘導する。古びたビルとビルの間の隙間で、並んで歩くのも困難な狭さだ。彼が後ろにつき、源の背中を押す。

「島田が自殺したときは正直焦った。当事者のうち半分があぁなった以上は偶然だと笑って済ますことはできないからな。すぐにお前と連絡をとろうとした。でも、お前は知らん間に東京に引っ越してた。親元を離れて難関校に進学したんだってな。お前の実家や中学のときの担任にも電話したが、口止めされてて何も喋ってくれなかった。これじゃ捜しようもない。だから、せめて祈ったよ。どこかでお前が死んでいますように、ってな。なのに、今日見たらピンピンしてた。マジでがっかりしたよ」

日隈の言葉は包み隠すことない本心なのだろう。もちろんいい気分はしなかったが、相手の気持ちはよく理解できた。

「――だけど、今ここでお前を殺せばすべて解決だよな」

そう言って日隈は背後からこちらの首に両手をあててきた。

「おい、冗談はよせ」

不穏な気配に源は手を振りほどこうとした。相手が絞める力を強める。息が、詰まる。

「やめろ。ふざけるな」

しかし、日隈は無言だった。苦しい。相手の手を摑み、指を引き剝がそうとするが、力が入らない。持ち上げられ、つま先立ちの状態になる。かっ、と肺に残っていた空気が吐き出される。このままでは意識を失ってしまう。

いい加減にしろ。

源は相手の腹に思い切り肘打ちを喰らわせた。鳩尾に直撃したようで、日隈は手を放し、身を屈め悶絶した。反転し、源はその体を容赦なく何度も足蹴にする。身を焦がすような猛烈な怒りと興奮が体を支配していた。腹を、腕を、頭を蹴り飛ばす。

「ま、待てって。待ってくれ」

地面に転がりながら、日隈はそう声を絞り出した。ひゅうひゅうと息苦しそうにしている。今度は向こうが酸欠に陥っている。顔が真っ赤だ。次第に冷静さが戻ってきた。このままだと逆に殺してしまいかねない。源は攻撃を一旦止め、相手の呼吸機能が回復するのを待つことにした。

「――マ、マジになんなよ。冗談に決まってるだろうが」日隈は地面に伏せたまま、降参の意思を示すように片手を挙げそう言った。「あんな不確かなことで人を殺すはずないだろ。真に受けんなよ」

「どうだか」源は相手を見下ろし、冷たく言い放った。起き上がろうとした日隈の腕を蹴り、再度地面に這いつくばらせた。中学時代のお山の大将をひれ伏せさせているという優越感がないといえば嘘になる。

「お、俺、来週の水曜が二十歳の誕生日なんだ。もうすぐ抜けられる。今さらお前を殺す必要なんてないんだよ」

　タイムリミットは二十歳まで。忘れるはずもない。

「もう俺は関係ない。お前の誕生日は十二月だったよな。悪いけど先に抜けさせてもらうわ」

そう言い、彼はよろよろと立ち上がった。

「あの四人のうち、三人が死ぬなんてありえない」源は強い口調でそう返した。

「御狐様なんて、霊だか何だかがメッセージをくれるなんて馬鹿らしい。俺もあの日まではそう思ってたよ。あのときは単なるお遊びのつもりだった。……でも、五百円玉は本当に動いた。あの場の雰囲気はヤバかったよな。ヤンキーに囲まれるよりびびったわ」と日隈は昔を思い出し笑おうとした。しかし、その表情は完全に引き攣っていた。「あの中の誰かが冗談のつもりで動かしたんだろう。そう信じたかった。恥ずかしいけど、あのときは本当にどうしようもなく怖かった。逃げ帰った次の日、俺は聞いたよな。昨日、動かしたのは誰だって。お前にも問い詰めただろう？」

　源は頷く。そのときのことはよく覚えている。

「でも、島田もお前も否定した。『自分じゃない、他の誰かじゃないか』ってね。一応言っとくと、もちろん俺でもない」

「それならあとは酒見君しかいない」

「いや、あいつも違うってはっきり答えたよ。それに、あいつがそんなイタズラをするようなタイプじゃないことは分かってるだろ」

確かにそうだ。酒見君はいつもどこか超然としていて、不可侵な空気を身にまとっていた。比肩する者がいないほどの美男子なのに偉ぶったところがなく、いや、むしろ目立たないよう意図的に気配を消しているかのようですらあった。クラス委員をすることもなければ、授業中に挙手することもない。成績も普通で、体育の授業も無難にやり過ごす。それでも隠しようのない美貌が夜空に浮かぶ月のように彼を際立たせていた。

彼に話しかけようとすると、切れ長の目でじっと見返される。その鳶色の瞳に見つめられると、女子だけでなく男子でさえも平常心ではいられなくなる。とても同級生という雰囲気ではなかった。

「……もういい」

この男と話すのはもう疲れた。源は日隈に背を向けて歩き出した。ここがどこだか分からないが、とりあえず大通りまで戻ろう。

「せいぜい気をつけろよ。俺は死ぬ気なんてないからな。もっと遊びたいし、もっと沢山の女とも寝たい。中学生のときのささいな好奇心のせいで呪い殺されるなんてごめんだ。死ぬならお前が死んでくれ」日隈がそう言い放つ。源は聞こえない振りをし、足早に去った。

翌日、携帯電話の着信音で目が覚めた。まだ朝の七時だった。酒のせいか頭痛がする。

「もしもし、源か。佐久間だ」出し抜けに声が飛び込んできた。ひどく切羽詰った口調だ。

「佐久間？」とっさには誰だか分からなかった。

「昨日の幹事だった佐久間だよ。一次会のときに話をしただろ」

そうだった。頭を振った。まだ思考がうまくつながらない。いったい何の用だ。

「今どこにいる？　まだ福岡か？」

「……ああ」一瞬躊躇したが、嘘はつかないことにした。

「俺は警察にいるんだけど——」

「警察？」

「そう、警察だ」

「なんで？」

「日隈が死んだ」

「はっ？」驚き、ベッドから落ちそうになる。

「駅で線路に転落して、電車に轢かれたらしい」

状況が理解できず、言葉が出てこない。

「先に言っとくが、冗談とかじゃないからな」

「……何があったんだ？」

「たぶん、酔っ払って踏み外したんだろうって話だけど、昨日のことで刑事から事情を聞かれてる。最後に一緒にいたの、源なんだってな。伊藤からそう聞いた」

「ちょ、ちょっと待ってくれ」源はそう言い、一旦電話から耳を離した。

日隈が死んだ？　昨夜、あの後に。呪いの件が頭をもたげる。そんなことはありえないと分かっているのに、どうしても否定できない。

「たしかに途中までは一緒だったけど、すぐに別れたから後のことは知らないよ。カラオケ屋に向かったんじゃないのか」首に触れると、じんわりと痛みを覚えた。あの男に絞められた跡だ。

「いや、こっちには合流しなかった。お前とずっと一緒だったんじゃないか？」

「少し話をして、その後はすぐに別れた。そこから先は知らない」と繰り返す。

「ともかく警察はお前にも話を聞きたいらしい。今すぐ中央警察署まで来てくれよ」佐久間は泣きつくようにそう言った。

中央警察署に行くと阿波野という中年の刑事が対応に出てきた。スーツ姿で一見どこにでもいるサラリーマンのようだが、体つきは柔道家のようにがっしりとしていた。取調室に連れて行かれるのかと思ったが、通されたのは簡単な衝立で周囲を遮っているだけの応接スペースだった。

「忙しいのに朝から申し訳ありませんね。東京に帰られる予定だったんでしょう？」阿波野刑事は丁寧な態度で謝ってきた。

「……大丈夫です」源は短く答える。伊藤についたささいな嘘が広がっていくことに恐怖を覚える。警察に露見したらどうなるだろう。

「そんなにかまえんでいいですよ。形式的にお話を伺うだけですから」

「あ、はい」

「コーヒーでも飲みますか?」

「いえ、結構です」

「顔色が良くないようですね。二日酔いなんじゃないですか?」

「ええ。少し、そうかもしれません」源は適当に頷いた。

「それはいけませんね。あなたは一応まだ十九歳なんでしょ。そんなことにいちいち目くじらを立てる気はありませんが、深酒は褒められない。医者の不養生とはよく言いますが、まだ医学生の段階で体に悪いことをしてはね」と阿波野は笑う。場をほぐそうとしているのだろうが、笑い返す余裕はなかった。

「失礼ですが、その首はどうされたんですか?」と阿波野は指差してきた。

「首?」ひやりとして、隠すように手をあてる。

「赤くなっていますよ」

「なんでもありません。アルコールのせいじゃないですか」と源はとぼける。

「そうですか。それならかまいませんが。痛そうに見えたので」

「すみません。手短にお願いできますか。あまり体調がよくなくて」

「ああ、そうですか。分かりました。申し訳ありませんね。では、さっそくですが、いくつか質問をさせてください」

「はい」源は頷く。

「昨晩、日隈雄太さんと最後に一緒にいたのは源さんで間違いないですね？」

「そんなつもりはなかったんですが、結果的にそうなったようです」

「ん？　面白い言い回しをされますね」と言って相手はにやりと笑った。

「事実を話しただけです」

「まあいいです。それでは、一緒におられた時間と、別れた時間を教えてください」

「正確には覚えていませんけど、一緒にいたのは十時二十分くらいからで、別れたのは四十分くらいだと思います」そう答えると、相手は手帳に何かを書きつけていた。

「二人で何か秘密の話があったそうですが、差し支えなければどのような内容だったか教えてもらっていいでしょうか」

「それが事故と関係あるんですか？」源は反射的にそう聞き返した。

「ああ、気分を害されたら申し訳ありません」

「別にそういうわけじゃありませんけど」

「警察の仕事はこういうものなんです。カーペットやソファのゴミをとるコロコロってのがあるじゃないですか。正式になんていうのか知らんですが。要はあれと同じで、とりあえず関わるすべてを、毛でも糸くずでも何でも最後の一本まで拾い上げるんです。そして、後で精査し取捨選択をする。効率的ではないですが、その分間違いは少なくなる」

「なるほど」相槌を打ちながら、源は別のことを考えていた。

「納得していただけたなら助かります。それで、お話の内容ですが」

「中学生のとき、好きだった異性の話でした。彼は西さんという子が好きだったらしいんですが、お前も好きだったんだろう、とか、実はお前らつきあってたんじゃないか、とかそういった内容です。実際のところ、僕は何とも思っていませんでした。もちろん交際もしてません。西さん本人が同窓会に出席してくれていたら話は早かったんでしょうけど、残念ながら欠席だったので。二人でその話をしたとき、自分は繰り返し否定しましたけど、日隈君はなかなか信じてくれませんでした」

「ふむ」と刑事は頷いた。

「彼はかなり酔っていたようです」とつけ加える。

「それだけですか？」と聞いてきた。

「ええ、他は記憶にないです。自分もそれなりに酔ってはいましたけど」

日隈は死んだのだ。真実を知る者は他にいない。

「自殺や死を連想させるようなことは何か口にしていませんでしたか？　冗談めいていたとし

てもかまいません」

「……いえ、そういうことは何も」

「そうですか」

「彼は事故なんでしょう？」源は確認する。

「そう考えてはいます。酔って、誤って線路に転落してしまった、と。不運な事故だったんでしょう。しかし、万に一つの可能性ということもありますので」

万に一つの可能性。刑事が考えるそれと、源の頭に浮かぶそれはまったく別のものだった。

その後、一時間ほど質問が続けられた。クラスメイトだったとき日隈とはどのような関係だったか。卒業後、親交はあったか。西とはどういう女性か。最近、日隈がどのような生活をしていて、交友関係がどうだったか知っているか。大半は本当に答えようのないものだったが、どこに落とし穴が仕掛けられているか分からない。源は注意深く、慎重に答えていった。

警察から解放され、実家に帰り着いてもまだ日隈の死を受け入れることができなかった。

彼が事故に遭ったのは発着駅だったので、電車の速度はほとんど出てない。そのおかげで五体がバラバラになるようなことはなかったが、運悪く転落したとき頭がレールの上に乗ってしまったらしかった。運転士は慌てて急制動をかけたものの止まりきることができず、日隈の頭はゆっくりと車輪に潰された。講義の中でさまざまな遺体の画像を見させられているので、日隈がどんな状態だったのかおおよそ想像はつく。きっと頭部の修復は困難で、葬儀でも棺が開かれることはないだろう。

日隈の解釈を信じるとすれば、これで三人が死んだことになる。そうであれば、自分の身はもう安全だ。不可解で理不尽な呪いは果たされたことになる。だが、どうしても終わったとは思えなかった。

酒見君。

御狐様の二週間後、確かに彼は想像だにできないような凄惨な事故に見舞われた。しかし、命まで取られたわけではない。日隈は死んだも同然と言っていた。どこかで野たれ死んでいるかもしれない、とも。だが、はたして本当にそうだろうか。彼はまだどこかで生きているのではないか。

島田が自殺し、日隈が死んだ。もう放置はできない。あと一人の命が奪われる可能性は少なからずある。御狐様のことを考えると、背後から無数の見えない手が伸びてきているような恐怖を覚える。親に無理を頼み東京の高校に進んだのは、御狐様から逃れたいという気持ちもあった。

二階の部屋にこもり、丸一日考え抜いた。時間の経過とともに不安が増大していく。食事以外は親と顔を合わさず、風呂にも入らなかった。

ともかく、どうにかして酒見君の消息を確かめよう。彼がどこかで亡くなってくれていればいい。事故、自殺、他殺、病死、なんでもかまわない。このまま調べずに済ますわけにはいかない。

　中学校の卒業アルバムを引っ張り出してみる。彼は三年生に進級する前に転校してしまったが、修学旅行やクラス会の写真の何枚かに彼の姿を認めることができた。どれも主役は別の生徒で、彼はその他大勢としてしか写っていなかったが、それでもやはりその美しさは図抜けており、いやでも目を引いた。学生服を着ていなければ女性と見間違えそうなほどだ。

　次は小学校のアルバムを出す。彼とは小学校も一緒だった。クラスは別だったが、酒見君はその頃から一目置かれていて、源は彼の存在をずっと意識していた。何もせずとも女子からの注目を一身に集めていることを腹立たしく感じてもいた。同時に、人間には努力では埋められない先天的な差が存在することを彼から学んだ。

　どちらのアルバムにも現在の彼につながるものは何も記載されていなかった。クラスの連絡網が挟まれており、保護者の名前と住所、固定電話の番号は判明したけれど、そんなもの今は何の役にも立たない。焦りばかりが募っていく。

　どうやって所在を調べたらいいだろうか。同級生で彼の行方を知っている者はいないだろう。彼と親しかった人間などいなかった。それどころか、意識的に人を近づけないようにしているようでさえあった。ほとんど毎週のように女子から告白やラブレターを受け取っていたが、彼はすべて断っていた。同年齢の異性など眼中にないように見えた。

　ふと閃き、財布の中から名刺を取り出す。

田丸和也。

探偵事務所。

自力で辿り着けないのならばプロに頼めばいい。費用はかかるだろうが、それが一番確実だ。

同級生の田丸を通せば話も早い。まずは事務所ではなく、名刺に書かれた個人の携帯電話にかけてみることにした。

「もしもし、田丸です」

「えっと、源だけど。同窓会で会った」ワンコールもしないうちに出られ、一瞬戸惑う。

「おお、源か。どうした？」相手は予想外にフレンドリーな声を出した。

「いや、あのさ、君の事務所にお願いしたいことがあって」

「仕事か？」

「まあ」

「なら、うちの事務所に相談しに来るか？」

「いや、先に解決可能な依頼なのか教えてほしいんだけど。無理なら無理でかまわないから」

「いいよ。言ってみな」

「中学のときの同級生で、酒見君って覚えてるかな？」

「おお、酒見ね。忘れるわけないだろ」

「彼、事故の後に引っ越したじゃないか。今、どこに住んでいるか知りたいんだけど、難しいかな」

「人捜しか」

持っている情報を余さず教えてくれと言われたので、保護者と本人の氏名、転校前の住所と電話番号、卒業アルバムの写真を持っていることを告げた。

「親の名前が分かるのは大きいな」と彼は呟く。

「捜せそうかな」

「うちの事務所は全国チェーンだからな、なんとかなるかもしれん」

「もし見つけても、声はかけないでほしい。いいかな?」

「当たり前だ。俺たちの仕事は居場所を突きとめることだ。依頼人の関係に首を突っ込む気はないよ」

「助かる」

「任せろって」と田丸は笑う。

「あと、実は少し急いでるんだ」

「どれくらい?」

「早ければ早いほど助かる」

案外無茶言うんだな、と彼は電話口で苦笑した。

「まあ、やってみるよ。前金で十五万、成功報酬十万、かかった経費は別途もらう。かまわんな？」

「かまわない。事務所には行かなくていいのか？」

「ああ、来なくていいよ。俺が上に伝えとく」

払込書を送ってもらうために実家の住所を伝え、通話が終わった。拍子抜けするほど簡単に済んだ。費用は高いが、貯金をはたけばなんとかなるだろう。田丸は最後まで依頼理由を尋ねてこなかった。


中学二年の冬のことだ。期末試験の三日目が終了し、クラスの皆は歓呼の声をあげながら下校していった。明日は最終日で保健と家庭科しか試験はないし、期間中は部活動も中止になる。生徒の大半は連れだってどこかに遊びにいくようだ。主要科目が済んだので、もうほとんど終わった気分なのだ。ホームルーム前からカラオケがどうだとかゲームがどうだとか聞こえてきていた。

源は教室に残って勉強を続けていた。記憶が鮮明なうちにテストの復習をしておきたかった。冬の教室はひどく冷えるが、暑いよりかは集中できる。放課後に一人教室に残ることはもはや習慣になっていたので、教師もいちいち咎めるようなことはなかった。テスト後にわざわざ校内で勉強するなど嫌みったらしい行為で、それが同級生を遠ざける要因になっていることは理解していたが、その程度のことで自分のやり方を変えるつもりはなかった。

だが、その日は他に二人の人間が教室に残っていた。島田と酒見君だ。島田は机の下に何かを隠しながらこそこそと盗み見ていた。おおかたゲームの攻略本か何かだろう。自宅で見つかると叱られるので、こんな場所で読んでいるのだ。自分と酒見君がいても、関わってこないと踏んでいるのだろう。そのとおりだ。わざわざ彼に絡むほどこちらも暇ではない。

底冷えする教室で、酒見君は窓際の席で頬杖を突き、ぼんやりと夕焼けの校庭を眺めていた。彼にはたまにそんな日があった。外には誰もいないはずなのに、いったい何を見ているのだろう。律儀に詰襟を一番上まで留めていて、ズボンにはシワ一つない。橙色に照らされるその横顔はどこか貴い印象さえ受けた。まるで教科書に載っている菩薩像のようだ。彼の周りには透明な膜のようなものが張られていて、二人きりになったときも話しかけることはできなかった。

十五分ほど経った頃だろうか。突然、勢いよく教室のドアが開かれた。見回りの教員か誰かだろう、と顔を上げると、そこには日隈が立っていた。

「お前ら、何で残ってんだ？」闖入者はぞんざいな口ぶりでそう聞いてきた。島田がさっと本を机の中に押し込む。

「――勉強だよ、自分は」源は代表してそう答えた。残りの二人がまともな返事をするとは思えない。

「かぁっ、明日は楽勝だろ。ホント嫌味な奴だな。そこまでして学年一位が取りたいのかよ」日隈は吐き捨てるように笑った。

これは予習じゃない、と言い返そうかと考えたが、面倒なので止めておいた。

「ひ、日隈君はどうしたの？」おずおずと島田がそう聞いた。早く帰ってほしそうな様子だ。ずり落ちそうになる眼鏡を人差し指で押し上げる。

「ああ、俺？　俺は忘れ物。保健の教科書なんて普段使わないからな。こっちに置きっ放しにしてたんだ」

日隈はそう言うと教卓に手を回した。何かを剝がすような音がし、数冊のテキストが出てきた。得意そうに見せびらかす。どうやら教卓の下にテープで留めていたようだ。教科書やノートを学校に残す、いわゆる「置き勉」は禁止されていた。すでに何人もの生徒が見つけられ、厳しく注意されていた。教卓の下は盲点だった。こういう悪知恵だけは働くらしい。

すぐに帰るだろう、と源は机上に視線を戻した。酒見君は、クラスメイトが入ってきたことにすら気がついていないかのように、変わらず外を見続けていた。おそらく、日隈という人間に一片の興味もないのだろう。

「そうだ、いいこと思いついた。お前ら、御狐様してみないか？　ちょうど四人揃ってるし、時間帯もいい」突然日隈がそう提案してきた。

「おきつ、……それはやっちゃいけないって言われてるだろ」島田が慌てて返す。御狐様という単語すら口にしたくないようだった。

「何びびってんだよ。だせぇ」と日隈は蔑むように笑う。

「でも、なんだよ！　あぁっ？」不意に日隈が大きな声を出す。お得意の恫喝だ。

「でも――」

夏のテレビ番組で御狐様特集が行われ、全国の小中学校で流行した。この学校でも女子を中心に試してみる生徒が多く現れた。テレビではごく一般的な方法が紹介されたのだが、秋が深まる頃には学校独自のルールが編み出されていた

他に人がいない夕方の教室で東向きの窓を開け、四人一組でメッセージシートを囲む。紙で作られたそれには「あ」から始まる五十音の平仮名と零から玖までの漢数字。そして、YESとNOの英文字。御狐様の出入り口となる鳥居と、遊び場となる砂場の絵を書き込んでおくこと。平成元年に鋳造された五百円玉をボードの上に置き、四人それぞれの人差し指を当てる。そして、決められた文言を唱え、御狐様を召喚するのだ。御狐様が帰った後は、こちら側に戻って来られないようメッセージシートを細かく破り捨てる。

きちんと手順を守れば、御狐様は未来予知や恋愛の成就といった願いを叶えてくれると評判だった。源もその噂は知ってはいたし、馬鹿らしいオカルトごっこだとは思いつつも、まったく気にならないといえば嘘になった。

教師や保護者は、眉をひそめながらも子どものお遊びだと黙認していた。だが、実害が出てからは放っておけなくなった。隣接校区の女子生徒たちが、御狐様の最中、集団ヒステリーに陥り、そのうち一人が発作的に四階から飛び降りた。もう一人は頭からガラスに突っ込み、残

りは泡を吹いて失神したという。飛び降りた学生は全身打撲で間もなく死亡した。事件は全国紙にも載ったし、距離が近かったこの学校には生々しい詳細まで伝わってきた。

教師たちはすぐに禁止を通達した。だが、大人からそんなことを言われなくとも、今さらやろうと思うような生徒はいなかった。すでに経験済みの女子の中には、後から悪いことが起きるのではないかとパニックになる者もいた。テレビや週刊誌は手の平を返すようにその危険性を訴え、ブームはあっという間に下火になっていった。冬に入る頃には「御狐様」という単語さえ耳にしなくなっていたが、日隈は忘れていなかったのだろう。

「さ、やるぞ。源と酒見も早くこっちに来いって。五百円玉はあるからよ」日隈が手招きをする。

「勉強中だって言っただろう」

「勉強なんていつでもできるだろうが」日隈は譲らない。

「今は試験期間中だ」

「だからやるんだよ。今日みたいに邪魔者がいない日はチャンスだろうが。ほら、島田はもうやる気だぜ」

「い、いや、僕は――」

「なあ、やりたいんだよな！」また大声を出す。島田は諦めて渋々頷いた。

「酒見君、どうする？」源はそう聞いてみた。彼がこんなことに乗ってくるとは思えない。一人でも欠ければ実施はできない。

「……何が？」酒見君は頬杖を外し、ようやくのことでこちらを向いた。

「なんだ、聞いてなかったのかよ。ちょうど四人揃ってるから、御狐様してみないか？」日隈が口を挟んでくる。

「おきつねさま？」

「お前も知ってるだろ。ちょっと前に流行ったあれだよ」

「ううん、聞いたことないな」彼は真面目な表情でそう答えた。

「知らないはずないだろうが。あれだけ話題になったんだから」

「そうなんだ。初めて聞いたよ」

日隈は明らかに苛立っていたが、精一杯それを隠している。酒見君には恫喝や威嚇が通用しないことは理解できているらしい。

「なら、やり方は俺が教えるからさ、やってみようぜ。絶対面白いって」

「……よく分からないけど、源君もするならいいよ」

予想外の反応にひどく驚いた。どういう風の吹き回しだろう。彼の中に「きまぐれ」などという感情が備わっているとは思ってもみなかった。それに、決して協調性のある人間でもない。

「源はやるってよ。なあ？」日隈が言う。

「……ああ、まあ、別にかまわないけど」源は戸惑いながらそう答えた。

「僕はどうすればいいの？」そう言って酒見君は椅子から立ち上がった。

「こっちに集まれよ。俺の席でやろうぜ。ああ、島田、そこの窓開けとけよ」日隈がそう言って手招きし、教室の後方に移動する。窓の外から寒風が入り込んでくる。

他の椅子をずらし、日隈の机を囲むように座る。

「御狐様って何なの？」隣に座った酒見君がそう聞いてきた。

「ちょっとしたオカルトごっこだよ」と源は答えた。

彼は表情を変えず、ふうん、と頷いた。

「それじゃ早速始めようぜ。おい、島田、いらないノート出せよ」日隈が指示する。

「えっ、いや、今日はノート忘れちゃって」島田はそう言い訳をした。嘘だろう。気味の悪いお遊びに自分のノートを使われたくないのだ。

「なんだよ。なら、源」日隈は舌打ちをし、矛先を変えてきた。

「勉強に使ってるノートを破りたくない」源はきっぱりとそう断った。

「じゃあ、酒見は？」と日隈は聞くが、彼は黙って首を振った。

三人の視線が日隈に集まる。

「なんだよ。俺は家に全部置いてきたんだ」言い訳のように日隈がそう言った。

「できないみたいだね」酒見君が立ち上がろうとする。

「待て待て。それなら、机に直接書こうぜ。最後に消せばいいんだろ」

誰も異議は唱えなかった。正式なルールからは外れるが、それくらいはかまわないだろう。日隈が必要な文言を鉛筆で机に書き込んでいく。彼は何度も「これで合ってるよな」と確認してきた。不安と期待がない交ぜになっているのが手に取るように分かる。日常からかけ離れた超自然的な行為を試すのだ。

五百円玉を置き、四人の指を合わせる。酒見君の細く、長い指に先端が触れると、途端に心拍が早まった。まるで大人の女性と触れ合っているみたいだった。

定められた長い文言を確認し、四人で声を揃えて詠唱する。酒見君も表情を変えずにつきあってくれた。彼が今何を考えているのか想像もつかない。

「御狐様、御狐様、私たちの声が届いたのなら、東の窓から鳥居にお入りください。御狐様、御狐様、私たちの声が届いたのなら、東の窓から鳥居にお入りください」日隈が代表となって御狐様にそう呼びかけた。吐く息が白く、肺の中まで冷える。寒さでつま先が痺れ、感覚が失われる。

周囲の緊張がどんどん高まっていく。源は御狐様を全面的に信じているわけではなかったが、この場には確かにただならぬ気配が存在していた。

三分ほど経っただろうか。手の平にじんわりと汗が浮かんできた。張りつめた空気が耐え難くなってくる。今にも誰かが「もう止めよう」と言い出しそうだった。

不意に、ぴくりと五百円玉が動いた。おいおいマジかよ、日隈が興奮してそう言い出したので、源は空いた方の手でそれを制した。今、流れを乱すのは良くない。

「御狐様、御狐様、お越しいただきありがとうございます」日隈は気を取り直し、定められたお礼の言葉を口にした。

「我々の質問に答えていただけるのであれば、YESをお示しください。答えていただけない場合はNOをお示しください」これも定型の台詞だ。

力を込めていないにも関わらず、小さな円を描くようにコインがゆっくり動きだした。そして、次第に輪が大きくなる。まるで渦のようだ。目の前の光景が信じられない。コインから視線を外すことができない。動きが収まると、コインはYESの上に止まっていた。すげぇ、と日隈が小声で感嘆する。

「よし、じゃあ何を聞こうか?」そう言う日隈の声は上擦っていた。

「明日のテスト問題を教えてもらおうよ」島田がそう提案する。

「馬鹿。そんなつまらないこと聞いてどうするんだ」日隈が叱る。

「ご、ごめん」

「御狐様、御狐様。島田が好きな女子は誰ですか?」

「ちょっと――」

「黙ってろ!」日隈が厳しく制す。

コインはしばらくふらつくように揺れていたが、数十秒後に「せ」の上まで動き、止まった。

次に「の」。そして「お」。そこで静止した。

せのお？　隣のクラスの妹尾智子のことだろうか。

「おい、島田、合ってるか？　これ、一組の妹尾のことだろ。嘘はつくなよ。他の奴にはバラさないから、本当のことを言え」日隈はそう命令した。

「いや、その」島田は言い淀む。

「どっちなんだよ」

「……うん、まあ」と消え入るような声で認めた。ひどく赤面している。だが、そんなことより回答が的中していることに驚いた。

「うっそ。マジかよ。お前、望み高過ぎ」と言って日隈が笑う。

「か、勝手だろ」島田が拗ねるように言い返した。

次は源の好きな女子が質問された。了承も得ずにだ。

回答は「に」、「し」。西春香のことだろう。たしかに彼女の理智的で控えめな性格に好感は抱いていた。それは恋愛感情というよりシンパシーに近いものだったが、他に興味を引く女子は特段思い当たらないのだから、あながち間違いともいえない。日隈から確認を求められたので、否定はしなかった。

調子に乗って日隈は、それじゃあ酒見の好きな女子は誰ですか、と質問したが、コインはどれだけ待っても動かなかった。その結果に三人とも少なからず動揺したが、それでいてどこか納得がいくような気もした。

日隈の好きな子を聞くことはなかった。本人は当然言い出さなかったし、他の者もわざわざ彼の機嫌を損ねようとは思わなかった。

その後は、クラスの他の生徒の好きな相手ばかり聞いた。他に聞くことがないのだ。この遊びを一度やってみたかっただけで、具体的な質問など何も考えていなかったのだろう。源も最初は衝撃を受けたが、次第に飽き始め、勉強のほうが気になりだした。これが超常現象なのかどうかは分からないが、もう充分だ。

「ほら、お前らも何か聞いてみろよ」日隈がせっつくようにそう言う。

「別にいいよ。知りたいことなんて特にないし」源が代表して答える。どうせなら高校受験の合否を聞いてみたかったが、さすがに皆の前でそんな質問はできない。

「ぼ、僕は一つ聞きたいことがあるんだけど」島田が恐る恐るそう切り出す。

「よし、今回だけは特別に許可してやろう」機嫌良さそうに日隈が答える。

「いや、もう終わろう。たぶん、そろそろ先生が巡回に来る」源はそう割って入った。

「えっ、マジか?」

「いつも残ってるから、先生の行動パターンはだいたい分かる」

「やべーな。じゃあ、今日は終わりにするか」本当は日隈もそろそろ幕を引きたかったのかもしれない。源の意見にあっさりと同意した。

「あの、僕の――」と言いかける島田の言葉を、うっせーよ、と日隈が一蹴する。

「御狐様、御狐様、今日はありがとうございました。質問は以上です。砂場を用意していますので、そちらでおくつろぎください」日隈がそう言うと、これまでにない速度でコインが動き、小さな砂場の上で本当にはしゃぎ、遊び回るようにぐるぐると軌道を描いた。ひどく不気味な光景を皆でじっと見つめる。

一分が経ち、三分が経った。御狐様は変わらず砂場の上をかなりの速さで動き続けている。指が痛くなってきたが、許可なく放すわけにもいかない。次第に四人の間に不穏な空気が漂い始めてきた。寒さも限界に近い。

「これ、まずいんじゃない？」そう言ったのは酒見君だった。この遊びを始めてから最初の発言だった。

「もう帰ってもらったほうがいい」源も加勢する。

「あ、ああ、そうだな」日隈は明らかに動揺していた。

「御狐様、御狐様、も、もうよろしいでしょうか。鳥居をくぐり、ひ、東の窓よりお帰りください」日隈はつっかえながらも何とかそう言った。

しかし、コインは砂場から離れようとしない。軌道が次第に荒く、大きくなる。そのうち砂場をはみ出し、何かを探すかのように机の上を走り出した。息を呑む。誰も言葉が出てこない。暴走している。御狐様をコントロールできなくなったのは明らかだった。何が悪かったのだ。

終わらせたい。叫びだしたい感情に駆られ、転落死した女子生徒のイメージが切れかけの電球のように明滅する。つい指を放しそうになるが、なんとか堪えた。

無意味な動きが次第に変化してきた。何かのメッセージを伝えようとしているようだ。皆、その動きを必死に捉えようとした。

「弐」、「零」、「さ」、「い」、「ま」、「で」、「に」、「参」、「に」、「ん」、「し」、「ぬ」。

一瞬意味が分からなかった。だが、すぐに理解できた。「二十歳までに三人死ぬ」。この四人のうち、三人ということだ。

「あああぁっ！」突然島田が甲高い奇声をあげ、強引にコインを鳥居まで運んだ。そして、指を放す。

「誰だよ、こんなことしてるの！　僕を怖がらせるつもりなの！　それとも、みんなグルなのか！」彼は勢いよく立ち上がり、反動で椅子が倒れた。見たことのない表情でこちらを睨みつける。まるで御狐様に憑依されたかのようだ。

「――いや」気圧された日隈が声を詰まらせる。この中の誰かが意図的にやったこととはとても思えなかった。酒見君でさえ顔を青くさせている。

「……とにかく、ちゃんと終わらせよう」源は掠れた声でそう提案した。

「でも、紙じゃないから破れないじゃないか！」島田の口調は尋常でなかった。初めて彼の存在が恐ろしく映った。

「消そう。消しゴムで消すんだ」源がそう言うと、日隈は慌てて文字を擦り始めた。源と島田も自分の机から消しゴムを持ってき、一心不乱に擦った。酒見君だけが金縛りにあったかのように硬直し続けていた。

酒見君を残し、我々三人は夕焼けの教室から逃げるように去った。あの日の出来事はそこまでだ。

数日はまともに笑うことすらできず塞ぎ込んでいたが、週明けには表面上は日常を取り戻した。他の生徒や教員に勘ぐられたくなかったし、一刻も早くあのメッセージを頭から追い出したかった。

一方で、御狐様に関する情報を仕入れようと書店に通い、関連する書籍や週刊誌の記事を読み漁りもした。コインが動くのは、集団心理と不随意筋の作用によるものだという科学的な解説は源をいくらか安心させたが、それだけで片づけることはできなかった。あの感覚、あの空気、あの気配。当事者しか体験し得ない記憶が付け焼刃の知識を否定する。

四人の間であの日のことが話し合われることはなかった。口にするのも憚られるような思いがしたのだ。あれは禁忌だ。特に島田は隠しようもないほど怯えきっていた。ただし、傍目にはそこまで不自然には映らなかったようだ。普段からおどおどと卑小な態度で生きていたからだ。

何事もなければいい。このまま風化してしまえばいい。十四歳の少年にとって、二十歳など想像もつかない未来の話だ。きっと自然に忘れられるはずだ。そう思い込もうとした。

しかし、わずか二週間でそんな願望は打ち崩された。酒見君が事故に遭ったのだ。それはひどく歪な出来事で、とても偶然の産物とは考えられないものだった。やはり呪いは事実だったのだ。我々は逃れられない運命なのだ。あまりの恐怖に頭がおかしくなってしまいそうだった。重傷を負った酒見君を見舞うことすらしなかった。


依頼してから三日。昼に田丸から連絡があった。

「もしもし。今いいか？」

「——ああ」間を置き、短く答えた。緊張で部屋の酸素が薄くなったかのように胸が苦しくなる。この三日間、一歩も外に出ず息を潜めるように過ごしてきた。

「朗報だ。住まいが分かった。今は京都に住んでる」

「京都？」意外な地名に驚いた。

「転校した後、京都市中京区に移っている。親戚を頼ったらしい。あと、大阪には全国的に有名な形成外科があって、そこで長期的な治療を受けていたようだ」

彼の顔はすっかり元どおりになっているのだろうか。あの焼けただれた顔が。そうであれば、源にとっても喜ばしいことだった。

「戸籍は母親と二人のままだ。母親っていっても、あいつが中一のときにできた義理の母親のほうだけどな」

「義理？」

「なんだ、知らなかったのか。友達だったんだろう。あいつの父親、再婚してるんだよ」

「初耳だ」

「ただ、今はもう同居してないようだ。関西の先輩にちょっと見に行ってもらったんだが、その住所には六十歳前くらいの女が一人で暮らしているだけみたいだ。きっと継母だろう」

「じゃあ本人は？」

「まだ不明だ。だが、ここまで分かればなんとかなるだろう。今から京都に行って直接聞いてくる」

「えっ、田丸君が行くの？」

「ああ。その分の経費はかさむが、いいよな？」

全国チェーンならば大阪や京都の社員に頼めばいいのではないか。先輩もいると言っていた。だが、口にはしなかった。探偵事務所のやり方があるのだろう。答えが得られるなら何でもかまわない。

電話を切ると、一気に高揚感がこみ上げてきた。ベッドに飛び込む。わずかな期間でここまで進展するとは予想していなかった。もしかしたら本当に酒見君を見つけ出せるかもしれない。

翌日の深夜、携帯電話が震えた。田丸からかと慌てたが、電話番号は表示されておらず、代わりに「コウシュウデンワ」の文字が明滅していた。誰だろう。源は不審がりながら電話に出る。向こうで硬貨がカチャンと吸い込まれる音が聞こえた。

「——やあ、源君。久しぶり」見知らぬ男の声だった。中性的な少し高い音だ。

「どなたですか？」源は警戒しながらそう聞く。

「こういうとき、何から話したらいいか分からないね」と言ってかすかに笑う気配がした。

「誰ですか？」と繰り返した。胸騒ぎがする。

「君の捜し人だよ」

息を呑んだ。まさか。

「酒見だよ。久しぶり」

「本当に？」源はついそんなつまらない言葉を口にしてしまった。

「ああ、本当だよ。五年ぶりだね。もう僕のことなんて忘れているものと思っていたよ」

「いや——」そんなことはない。彼のような存在を忘れることなんてできるはずがない。だが、あまりに唐突なことにうまく言葉が出てこなかった。

「何で今頃になって僕のことを捜してたの？　まさか同窓会のお誘いでもないだろう」と、今度はより明確に笑った。

以前の彼はこんな軽口をたたくような人物ではなかった。もしかしたら偽者なのではないかと勘ぐってしまう。

「島田と日隈が死んだ」源は短くそう言った。相手が本物であれば、これだけで伝わるはずだ。

「そうなんだ」

「島田は高校時代に自殺して、日隈はつい最近電車に轢かれた」

「ふうん」

彼はまるで最初から予期していたかのように、驚くことなく相槌を打った。

「どうやってこの番号が分かったの？」

「田丸君に教えてもらったんだ」

「田丸が？」

「そうだよ」

田丸には、見つけても接触しないよう頼んでいた。まだ経験が浅いとはいえ、彼だって探偵だ。軽々しく約束を破るとは思えない。しかし、電話がかかってきたのは事実だ。手ひどく裏切られたような思いがした。

「それで、僕に何の用だったのかな？」酒見君が聞いてくる。

「それは――」と源は言い淀む。

「用があったから探偵なんて使ったんだろう」彼はそう言ったものの、決して責める口調ではなかった。

「……あの件がずっと心に引っかかっていた。御狐様のことだよ。酒見君はまだ覚えてる？自分は頭の外に追いやっていたつもりだけど、日隈が死んだ以上無視できなくなった。うまく言えないけど、黒い霧で覆われているようで、もう一歩も前に進めない状況なんだ。会いたい。会って話がしたい」

「会って、話をして、何になるの？」

「それは、……分からないけど」

「それでも会いたいのかい」

「ああ」

「分かった。いいよ」

「……ありがとう」

了解してくれたことに安堵した。穏やかで落ち着いた口調は以前と変わらない。やはり本人に間違いないのだろう。

「すでに知っていると思うけど、僕は今京都に住んでいる。迎えを寄越すから、まずは明日の夜、八時に京都駅まで来てくれるかな。都合はつく？」

「必ず行くよ」

「会えるのを楽しみにしているよ」と言って彼は電話を切った。

約束の三十分前に京都駅に着いた。帰宅中のサラリーマンや大きなリュックを背負った旅行者など、大勢が足早に行き来している。雑踏の中、まるで混線したラジオのようにさまざまな声が入り混じる。ひどく蒸し暑く、立っているだけでじっとりと汗がにじんでくる。

時間になると携帯電話が鳴動した。非通知設定だ。出ると、聞いたことのない男が話しかけてきた。南口を出て十五分ほどまっすぐ歩け。繁華街とは逆の方向だ。途中、左側の電柱に矢印を書いた小さな張り紙を出しておくから、見逃さずそこで左折しろ。一方的にそう指示された。聞き返そうとすると、通話を切られた。

土地勘のない夜道を歩く。道はどんどん細くなり、人通りもなくなった。間違った道ではないかと不安を覚え始めた頃、張り紙が目に留まった。よほど注意していないと気づかないほど小さな印だった。方向案内はその後も点々と続いて張られており、街灯がさらに少なくなっていく。空き家や小さな寺の隙間を縫うように歩いた。次第に方向感覚が失われ、東西南北のどちらを向いているのか分からなくなってきた。湿り気の強い外気がぬらぬらと体にまとわりつき、荷物を詰めたバッグが次第に重くなり始める。

路地裏のような道を抜けると、ようやく片側二車線の道路に出た。辺りを見回すが、地名を表すような標識はどこにもなかった。たまに車が通り過ぎていく。腕時計に視線を落とす。三十分ほど歩いたことになる。喉の渇きを覚えたが、自動販売機も見当たらなかった。

「お前が源か?」突然、背後から声をかけられた。

驚いて振り返ると、短い髪を茶色に染め抜いた若者がこちらに近づいてきていた。いや、茶色というよりほとんど赤色に近い。タンクトップに七分丈のカーゴパンツ姿で、険しい顔つきをしている。年齢は自分より少し上くらいだろうか。

「……はい」源は頷く。この男が迎えらしい。わざわざ遣いを出す必要が分からない。酒見君本人が来ればいいだけのことなのに。

「酒見から話は聞いてる、向こうに停めてる車に乗れ。後部座席だ」

男はぶっきらぼうにそう言い、さっさと歩きだした。怒ったような表情だ。源は質問もせずに相手の言葉に従った。聞きたいことは酒見君に聞けばいい。この男に用はない。用意されていた車は四輪駆動のオフロード車で、闇に溶け込むような黒色だった。

「そこにアイマスクがあるから、今すぐかけろ」車に乗り込むと、運転席から男がそう言ってきた。

「えっ？」

「アイマスク。そこにあるだろう。自分で目隠しをするんだ」

「なんでそんなことをする必要があるんですか？」

「なんでもだ。しないなら車は動かない。お前はここで降りて福岡に帰ることになる」

「酒見君がそうしろと言ったんですか？」

「お前がそう思うなら、そうだ」

「……分かりました」源は渋々頷いた。

指示されたとおりにかける。見えなくとも、ルームミラーでチェックされているのが分かる。しばらくすると、ゆっくりと車が動き出した。

ずいぶん長く走っている。意図的に同じ場所を行ったり来たりしているようにも感じられたが、実際のところは分からない。時間の感覚までも伸び縮みし、感覚が狂ってくる。不安が土砂のように積み上がる。一度「まだですか？」と男に質問を投げかけてみたが、相手はそれを黙殺した。

拉致されたのではないか。運転している男は本当に酒見君が寄越した者なのだろうか。いろいろなことを考え京都にきたが、まさかこんな事態になるとは想定していなかった。恐怖で体が震えた。だが、これは誰の責任でもない。足を踏み入れたのは自分自身の判断だ。

坂を上り始めた。左に右にカーブの緩い重圧を感じる。ただの坂ではなさそうだ。山だろうか。いったいどこに向かっているというのだ。これから何が起きるのだ。だが、言葉は口にしなかった。プラスに働かないことは行わないほうが賢明だろう。男は音楽やラジオをかけることもせず、ただエンジン音が響くばかりだった。

途中、短く停車した。着いたのかと思ったが、外に出た男は一分ほどで戻ってきた。そして、少しだけ車を進めると、再度停めて外に出る。何をしたのか理解できなかった。五感のうち、たった一つ遮られているだけで、こんなにも思考力がかき乱されるなんて。

そこから十分ほどで今度こそ本当に到着した。最後の方は砂利道やあぜ道ばかりで、ひどく揺れ、ばさり、ばさり、と車に草木があたる音もした。酔って気分が悪くなってきたが、弱みを見せたくなかったので黙って耐えた。

「到着したぞ」

そう告げられたが、まだ振動しているような錯覚が抜けない。

男に手を引かれ、車を降りた。標高があるのだろう、空気の冷やかさに両腕の肌が粟立つ。ときおり響く野鳥の鳴き声と虫の音、そして我々の足音以外は何も聞こえない。都会では夜中でも蟬が騒いでいたというのに、こちらでは何もかもが静まり返っている。周囲は植物の匂いに満ちていて、木々に囲まれていることが察せられる。

乱暴にアイマスクを外された。目の前に広がるのは濃い鉛筆で塗りたくられたような暗闇だった。灯りとなるものが何一つない。山の闇はさらに一段と深く、本能的な怯えに足が竦んだ。足元がひどく不確かなものに思える。

「やあ、源君、久しぶり」数メートル先からそう声が響いた。目を凝らすと、かろうじて人影のような塊が視認できた。

その人物は横向きに立ち、雲に覆われた暗い夜空をじっと見上げていた。

「酒見、君?」恐る恐るそう声を出す。

「そうだよ」

「よく見えない」

「そうだよね、こんな山奥じゃ。それに今夜は月も出ていないし。まあ、そのうち目が慣れるよ」彼はそう言って小さく笑った。会話を始めても、こちらに正対する素振りはなかった。

「昔はそんなふうに笑わなかった」

「歳を取ったんだよ。僕はもう中学生じゃない。そして、君もね」酒見君はなおも機嫌良さそうにそう答えた。二人の声だけが辺りに響く。

「ここじゃなんだから、話は中でしよう。茨木、彼の手を引いてあげて」酒見君が男にそう指示する。茨木と呼ばれた男は渋々といった感じでこちらの腕を摑んできた。さきほどより荒っぽさが増している。

「ここはどこなんだい？」ゆっくり歩きながら聞く。

「京都だよ、ここも一応」

「いや、そういう意味じゃなくて」

「えっと、なんて言えばいいのかな。子どもっぽい言い方をするなら『秘密基地』とでも呼べるかもしれない。ともかく、今はここに住んでいるんだ」酒見君がそう説明する。彼が色の薄いポロシャツを着ているのがようやく判別できた。

　古い灰色の建物が茫洋と映った。三階建てで部屋数はざっと二十くらいだろうか。大半の窓ガラスが割れている。奥にも同様の建物がいくつか並んでいるようだった。アパートだろうか。

あるいは病院かもしれない。

「サナトリウムだよ。もう十年以上も前から使われていないけどね」こちらの考えを見透かしたかのように酒見君がそう説明した。

「おい、酒見。あんまり余計なことは――」茨木が口を挟む。

「源君は客人だよ」酒見君は相手の言葉を遮り、ぴしゃりとそう言い放った。二人の間にははっきりとした主従関係があるようだ。隣を見ると、茨木がこちらをきつく睨んでいた。

「電気、ガス、水道はもちろん通っていない。電波も届いていないから、電話をしたいなら麓まで降りなきゃいけない。でも、不自由はさせないから何日か寛いでいってよ。積もる話もあるだろうし」

何日か？　彼は当然のようにそう話したが、こちらにそんな気はなかった。用さえ済めば今夜中にでも福岡に戻るつもりだったのだ。

「食べ物はある。決して贅沢なものではないけどね。トイレは近くに小川が流れているから、そこで済ませばいい。体を洗いたいなら、それもそこで。あと、ここでは灯りは使わない。さっきも言ったけど目を慣れさせるんだ。そんなに難しいことじゃないよ。文明の利器がない分、ゆっくりできるよ」

遊びに来たわけじゃない。喉元までそんな言葉が出かかったが、なんとか押しとどめた。不用意な発言ができる雰囲気ではなかった。酒見君は表面上友好的だったが、辺りの空気は不自然なほど張り詰めていた。先頭を歩く酒見君がガラス戸の玄関を開けるとひどく軋んだ。

「三階の一番奥が源君の部屋。そこは窓がちゃんとはまっているからね。あと、マットレスも引いているから、眠りたいときはそれを使って。清潔じゃないって感じるかもしれないけど、それでもここにある物の中では一番マシなんだ。茨木の部屋はその隣で、僕は二階。部屋のドアは全部外している。他に何か質問はある？」まるで普通のホテルかマンションでも紹介されているかのようだ。超然とした相手の態度に呑み込まれそうになる。意思を強く保っていないと何も言えなくなりそうだった。

「ここで何をしているんだい？　こんな不便な場所で」生唾を飲み込み、源は聞いた。

「生活だよ。他の人には奇異に映るかもしれないけど、僕にとっては至って普通の日々さ。いや、普通とも違うかな。いずれにせよ、これが僕の望んだ暮らしなんだ」

「望んだ？」

「そうだよ」

「どういう意味？」

「そうだ、後でびっくりさせるといけないから、先に見せておこう」と彼は話を変えた。

「茨木、もういいよ。あとは僕が案内する」

「股割れのところは止めたほうが――」茨木がそう言いかけるが、再び酒見君が制する。

「同じことを繰り返させないでくれよ。源君に隠し事をするつもりはない。大丈夫、この人は他言なんてしないよ」

　茨木はもう言い返さなかった。

「股割れ？」

「今から紹介するよ。僕たちの、今の彼女だ」と言って彼は薄く笑った。茨木が掴んでいた腕を放し、代わりに酒見君が手をつないできた。まるで恋人の手にそうするように自然な動きだった。ほっそりとしたしなやかな指は少し冷えていた。

　以前と変わらぬ美しい横顔だ。いや、昔よりずっと成熟してさえいる。だが、意識的にしているのか、彼は常に源の右側を歩き、目を合わさず右半身を見せようとしなかった。

　茨木と別れ、二人で階段を上がる。二階の彼の部屋をちらりと見せられた後、その隣室に案内された。元は談話室か何かだったのだろう。他の部屋より広い。だが、打ちっぱなしのコンクリート造りで、室内には椅子の一つも置かれていなかった。

　暗闇の中、全裸の女が横たわっていた。源は驚き、たじろいだ。

　女はひどく薄汚れ、体の至るところに痣や傷跡があった。頑丈そうな足枷が配管に結びつけられている。室内には糞尿の匂いが充満していた。女はこちらの気配に気づくとビクリと体を跳ね上げた。

「こちら、僕の友達の源君。こちら、僕の彼女の、……えっと、名前はなんだっけ？」

　女は硬直し、何も喋らない。臆病な小動物のように身を縮めている。

「ねえ、君に聞いているんだよ」酒見君はわずかに語気を強めた。

「……美那子」女がか細い声でそう答える。右目の下が大きく腫れていて、前歯も何本か欠けている。

「そうそう、美那子さんだった」

理解の範疇を超えている。源は無意識のうちに数歩後ずさった。

「先週、市内から連れ去ってきたんだ」

「えっ、連れ去って？」

「そうだよ」彼は平然と答えた。

源は短い時間言葉を失う。

「――なんでそんなことを？」

「改めて意味を問われると、ちょっと返答に困るな」と彼は苦笑いを浮かべた。「趣味、とは言えないし、お遊びのつもりでもない。そう、それはたぶん、きっと僕が悪人だからだよ。悪人は悪事を働いていないといけないんだ。パン屋が毎朝小麦粉を捏ねるのや、新聞記者がせっせと記事を書き続けるのと一緒だよ」

「……意味が分からない」

「そこに意味なんてないんだよ、きっと」まるで他人事のような話しぶりだ。

源はその場に立ち尽くした。

「理解はしなくていいよ。ただ事実だけを認識してくれればいい。部屋の位置やトイレの仕方と同じで、この股割れさんのことも頭に入れておいてくれれば、それだけでいいんだ」

「さっきの茨木って男はこのことを知ってるの？」

「うん。連れて来たのは彼だからね」

今の酒見君に、倫理や道徳といった観念が通用しないことは理解できた。気が狂っているのだろうか。しかし、そんな素振りはない。彼は正常な思考でこんなことを行っているのだ。むしろ、そちらの方が何倍もおぞましかった。

「表情が冴えないね。長旅の疲れかな。今日はもう休むといい。時間は沢山ある。こういう言い方をすると気分を悪くするかもしれないけど、最近は少し退屈してたんだ。だから、君にはしばらくつきあってほしいと思ってる」

「つきあう？」

「別に僕たちの行為に加担してくれとは言わない。人手は足りてるからね。ここでのんびりしてもらって、たまに話し相手になってくれれば、それだけで充分だよ。僕は、昼は寝ていることが多いから、夜に会いに行くよ。あとは自由だ。食べ物は適当に部屋に置いておくから」

「いや――」

「もう部屋に行っていいよ」

逆らえなかった。丁重に扱ってくれてはいるものの、発言権は与えられていない。来るべきではなかった。呪いなど無視しておけばよかったのだ。後悔の念が頭を占める。

もしかしたら、あのとき御狐様に憑かれたのは、島田ではなく酒見君のほうだったのかもしれない。そうでないとこの豹変振りは納得できない。自分が知る彼は、こんな人間ではなかった。

部屋の手前で茨木が待ち構えていた。闇の中の赤髪。剣呑な顔つきだ。酒見君と種類は違うが、こちらも危険な人間だ。より直接的で、より暴力的な気配を感じる。日隈のような小物などとは比べようもない。

「バッグの中には何が入ってる？」刺すような口調で相手が聞いてきた。

「着替えとか携帯電話とか、その程度だよ」

「ふん」と茨木は鼻を鳴らす。「酒見から持ち物を検分するような真似はするなと言われてるから、それ以上は詮索しないがな」

源は無意識のうちにバッグを体に寄せた。

「同級生だかなんだか知らないが勝手なことは許さん。俺が隣で見張ってるからな。ここに来たことを悔やんで逃げたいと思っても無駄だ。一般道までそう簡単には出られない。そして、俺らは縄張りのことは完璧に把握してる。仲間は他にもいるから、迷子になってるお前を見つけ出して、連れ帰るのなんてたわいもないことだ。捕まったときはどうなるか覚悟しておけよ。酒見がどう庇おうとも、もう客でなくなるのは間違いない。股割れの横に繋がれるかもしれんし、あの探偵のようになるかもしれん」

「探偵？」

「お前が雇った奴だよ。酒見の周囲をしつけの悪い犬みたいに嗅ぎ回ってた」

「彼をどうしたんだ？」

「殺したよ。裏の空き地に埋めた」

「えっ？」

「あいつも同級生なんだってな。みっともなく命乞いしたよ」茨木は短く笑う。

「……嘘だ」

「信じられないなら自分で掘り返してみろ。裏庭の、草が剝げて土が盛り上がってる所だ。すぐに分かる。ただ、同じようなのは他にいくつもあるから間違えるなよ。痕跡が一番新しいやつを掘れ」茨木はそう言って唇の端を吊り上げた。

田丸が殺された。まさか。目の前の男がそれをやったというのか。しかしなぜ。人捜しをしただけでどうして殺されなくてはならないのだ。眩暈がし、壁に手をつく。信じたくない。だが、この男なら実際やりかねないと思えた。

「……なんで殺したんだ？」

「こっちも色々と探られるのは具合が良くないからな。常にアンテナは張ってる。そこに引っかかったのがあの探偵だ。向こうは自分が罠にかけたつもりだったんだろうがな。馬鹿な奴だよ。最初は刑事か何かだと疑ったんだが、身ぐるみを剝いだら名刺が出てきた」

言葉を返せなかった。聞くほどに真実味が増していく。

「探偵がいるなら、必然的に依頼人もいることになる」

「……それで、自分の電話番号が分かったのか？」

「ああ、あいつは簡単に吐いたよ。たった指の骨二本だぜ」と笑った。

絶句する。

「楽そうな仕事だと踏んで、事務所を通さないで勝手に動いてたらしい。お前からの報酬を独り占めするつもりだったってよ。それで命を落とすんだから世話ないな」

「喋ったなら、殺す必要はなかっただろう」

「不用意に俺らに近づくほうが悪い」

「そんな理屈は――」

「俺はお前のことが気に入らない」茨木はこちらの言葉を遮り、はっきりとそう言った。

「お前は異物だ。仲間でもないし、『遊び道具』でもない。これまでは身内だけでうまくやってきた。俺もずいぶん楽しませてもらったし、これからもしばらくは続けるつもりだ。お前がこの輪を掻き乱すというのなら、酒見が何と言おうと排除する」

「……そんなつもりはない。自分は酒見君と昔話をしに来ただけなんだ」相手に気圧され、声が小さくなる。

「昔話、ね」相手は小馬鹿にするようにそう返した。

「そう、ただの昔話だ」

「俺には関係ない。昼も夜も、俺らに呼ばれるとき以外は部屋にいろ。用を足したいときだけ声をかけろ」

「それじゃ軟禁じゃないか」

「嫌なら探偵と同じ末路を辿るだけだ」

仕方なく部屋に入る。無力だった。無力で非力だ。空腹だったことに今さら気づき、無造作に転がっていた菓子パンの封を開け、頬張った。ひどく惨めな気分だった。ペットボトルの水も置かれている。定期的に山を下っているか、あるいは運んでくる他の仲間がいるのだろう。

漆黒と静寂が室内を支配している。風の音すらしないのが不気味だった。窓の外は木々の影しか見えない。まるで生物が死滅してしまった後の世界のようだ。携帯電話を開いて光源としたが、それは濃密な闇に呑み込まれ、ほとんど役に立たなかった。充電場所もない。バッテリーは大切にしておいたほうがいいだろう。

子どもの頃、影絵が訳もなく怖かった。今はそれによく似た感情が全身を覆っていた。ぬめりのある汗がシャツを湿らせる。彼らがやっていることも、目的も、人数も、全貌は何一つ窺い知れなかった。ただ、きっとそれほど大勢ではないのだろう。犯罪は関与する人数が少ないほど露見するリスクも低くなる。

他人の体臭が染みついたマットレスに横になる。ヤスデか何かが室内を這い回るような音がした。聴覚が鋭敏になっている。心身ともに疲れ切っているにも関わらず、とても眠れそうになかった。気が昂ぶっている。引き潮のように思考が霧散し一つにまとまらない。何を考えたいのかさえ分からなくなってくる。腕時計はいつの間にか止まっていた。

リスクは考慮していた。日隈が路地裏で行おうとしたように、先にこちらを処分してしまえば酒見君の身は安泰だ。だが、幸い酒見君にそのつもりはないようだった。殺す気なら山奥に着いたときにやっている。あんな安心させるようなポーズは不要だ。

まんじりともせずに朝を迎えた。過去に経験がないほどの長い夜だった。重そうな雨雲が太陽を覆い隠していたが、それでも暗闇でないだけずっといい。一晩のうちにずいぶん汗をかいた。窓から見えるのは背の高い針葉樹ばかりで、周囲がどのようになっているか把握することができない。

部屋を出ると、合わせるように茨木が隣室から姿を現した。本当にずっとこちらの様子を見張っていたのだろうか。腕を組み、睨みつけてくる。疲れている様子はなく、眼光も衰えていない。いったいいつ眠ったのだろう。

「トイレだよ」源は短くそう言った。

「玄関を出て、右手に進め。いくらか踏みしめられた獣道があるから、そこを三分ほど歩くんだ。水の音が聞こえてくるから、そっちに進め」

「分かった。ありがとう」源はそう礼を述べたが、相手は眉一つ動かさなかった。

道の先の小川は深さ五センチ、幅四十センチほどのささやかな流れではあったが、確かに用くらいは足せそうだ。小便が下流へ流されていく。振り返っても周囲は草木に覆われ、ここからサナトリウムを視認することはできなかった。

戻るときは背の高い草を掻き分け、注意深く歩いた。目印はどこにもなく、足元から目を離すとすぐに獣道を見失いそうになる。たしかに逃げ出しても迷子になるのが関の山だろう。絶望的な状況だと、ため息をつく。

茨木の説明どおり、サナトリウムの裏手には地面を掘り返した跡がいくつも見られた。数えられるだけで六つ。他に風化しているものもありそうだ。その一つ一つに死体が埋められていると思うと足が震えた。とても田丸を確かめることなどできない。源は自らの太腿を強く摑み、無理にでも部屋まで歩いた。

室内にいても不安で仕方なかった。何か物音がするたびに、臆病な猫のようにびくついてしまう。嫌な妄想ばかりが浮かび、打ち消すことができない。情緒がひどく不安定になっている。だが、酒見君との話が済んでいない以上、自らここを離れるつもりはなかった。

日中、彼らが何をしているのかは不明だった。茨木はどこかに姿を消し、代わりの見張りも現れなかった。酒見君は夜に話をすると言っていた。昼では駄目なのか。起きているなら会いに行ってみよう。できるだけ早く終わらせたい。それに、茨木がいないほうが都合もいい。

だが、彼は部屋にはいなかった。今、この建物内には自分しかいないようだ。聞いていた話と違う。どこか自分の気づかない場所から監視されているのかもしれないが、ともかく一人というのは気分的に楽ではあった。いや、違う。源は二階にあと一人いたことを思い出した。

そこには昨日と同じ姿勢で女が横たわっていた。美那子だ。顔は汚れ、髪も散々に乱れてはいるが、本来は美人な部類であろうことは見て取れた。胸は大きく、股の間からは薄く恥毛が生えていた。ここでどんな目に遭っているかは容易に想像できる。

美那子は押し黙ったまま、怯えた様子でこちらを見ていた。酒見君や茨木の仲間だと思われているのかもしれない。誤解を解きたい。自分も無力な一人なのだと伝えたかった。逃してやることはできないが、せめて敵でないことくらいは分からせてやりたい。

彼女と視線を交わし、見つめあう。何をどう伝えたらいいのだろう。何を言っても正解でないような気がして、声を出すことができない。

もしかしたらこの女は相当若いのかもしれない。見つめているうち、ふとそう思えた。中学生くらいの可能性さえあるかもしれない。しかし、またしばらくすると、自分よりもずっと年上のようにも見えてきた。角度や光の当たり方で印象ががらりと変わる。

「――その子に興味ある？」突然背後から声がした。驚いて振り返ると、知らぬ間に酒見君が入口に背をもたせ立っていた。また横を向いている。

「いたの？」胸を押さえながら源は聞く。

「まあね」

「びっくりしたよ」

「ごめんごめん」と彼は屈託なく笑う。明るみの中でようやく見ることのできた彼の顔は、とても悪人などには映らなかった。むしろ、その逆だ。

「興味があるわけじゃない。君を捜してて、ついでにちょっと寄ってみただけだよ」源はそう言い訳をした。

「そうだよね。源君はそういうのじゃないものね」彼は同意する。

言葉の意味は分からなかったが、源は形だけ頷いておいた。

「その子が受けている仕打ちさ、酷いと思う？」彼がそう聞いてきた。

「いや——」

「正直に答えていいよ」

「……思うよ」促され、源はそう答えた。これが酷くないなら、世の中の何が酷い仕打ちになるというのだ。

「そうだよね。僕もそう思う」

「それならなんで？」という問いに、彼は問いで返した。

「じゃあ、この子のことがかわいそうだとも思う？」

「思うよ」

「本当にそうかな。源君は表面上でそう感じているだけで、心の底では別に何とも思っていないんじゃないかな。決めつけて悪いけど、なんだかそう見えるんだ。ああ、もちろん僕はかわいそうだなんてこれっぽっちも思っていない。不思議とそういうふうには思えないんだ」

君と自分は違う。そう言いたかったが、口にはしなかった。

「ともかく昼はあまり動き回らないほうがいい。光線が強くて、茨木なんかは夜より不安定になるし、僕も日中はあまり好きじゃないんだ。まるで吸血鬼みたいで笑えるけどね。この子だってそうだろう。太陽の元より、暗がりにいるほうがずっと綺麗だ。なかなか慣れないかもしれないけど、一種のルールだと思って守ってくれると嬉しいな」

彼は軽い調子で話したが、声色はどこか虚ろに響いた。

「……分かった」源は再度頷く。あのときの話も、やはり昼に行う気はないようだ。ここの主がそう言うのであれば、引き下がるしかない。

酒見君が姿を消すと、脇の下がぐっしょりと濡れていることに気がついた。彼と話すのは、茨木のときとは別種の緊張感を孕んでいる。美那子は黙って我々のやりとりを見つめていた。その視線から意思の光はほとんど感じられない。会話を理解する力すら残っていないのかもしれない。結局、声をかけることもできないまま部屋を離れた。

源は夜の訪れをじっと待った。街に比べるとこちらは時間の密度が濃く、なかなか進まない。持参した睡眠薬を服用することも考えたが、完全に意識を失ってしまうのはさすがに不安だった。

どれだけ厳しい状況でも腹は減り、用は足したくなる。医師を目指している以上、そんな初歩的な生理現象は当然理解しているつもりだったが、今はそれが奇妙なほど不思議に思えてならなかった。

夜、耳を澄ませていると、ときおり足音や小さな話し声が聞こえてきた。その中には酒見君と茨木以外のものも含まれていた。他の仲間とやらは実在するようだった。姿の見えない人物の気配が恐ろしくてならない。

どうしてこんなことになったのだ。御狐様の件など無視して日常を送り続けていたほうが良かったのだろうか。酒見君など捜さないほうがよかったのか。しかし、それは無理な話だ。あのままでいたら気が狂っていた。やはりこれは避けられないことだったのだ。

夜中になり、入口の壁がノックされた。ここでそんな律儀なことをするのは一人しかいない。心の準備はできていた。

「今、いいかな」

「もちろん」

「じゃあ、失礼するよ」そう言うと酒見君は室内に入ってきた。源の横をすり抜け、背を向けるように窓辺に立つ。

しかし、彼は何も言ってこない。

源は切り出すタイミングを探った。室内の空気が薄くなったような心地がし、息苦しさを覚える。ずっとこの瞬間を待ち望んでいたにもかかわらず、今は話を先延ばししたい思いもした。

「医大に通ってるんだって？」先に口を開いたのは背を向けたままの酒見君だった。

「うん、まあ」

「やっぱり頭がいいんだね」

「そんなことないよ」

「別に謙遜しなくていいよ。それで、どの分野を目指しているの？」

「一応、外科を希望してるけど」

ふうん、と酒見君が頷く。

「二階の股割れさん、源君の診断ではどう思う。まだ持つかな？」

「自分なんかじゃ詳しいことは分からない。ちゃんと診たわけでもないし。でも、一般的にいって限界は近いように思う」

「死んじゃうかな？」

「あのままであれば、遠からず」源は素直にそう答えた。

「これまで十人以上に同じことをしたけど、だいたいは心が先に壊れちゃうんだよ。そうなると後はもう早い。まるで砂浜に打ち上げられたイルカみたいにすぐに死んじゃうんだ。人間って案外脆いものなんだね」

十人以上？　耳を塞ぎたくなる。

「昼、彼女に『自分は味方だ』って伝えたかった？　彼らのような極悪人とは違うんだって」

彼はそう言って、半身だけ振り返った。

「いや、そんなことは――」

「いいよ。それはさっき僕から彼女に教えておいたから」

「えっ？」

「だって、実際に君はこちら側の人間じゃないんだし。それに、股割れさんも孤立無援じゃないって分かった方が長持ちするかもしれないしね。彼女が駄目になったら、茨木とかがまた新しい玩具を欲しがり出すからさ」

我々はいったい何の話をしているのだろう。とても現実のこととは思えない。彼を見ていると、なぜか誰もいない、がらんどうの体育館が想起された。

「酒見君と茨木、他にあと何人いるんだい？」

「僕を含め、全部で五人だよ。でも、長い時間ここにいるのは僕と茨木だけだ。あとのは、出たり入ったりで中途半端なんだ。あんまり真剣味がないんだよ」

「真剣味？」

「茨木は、あれはあれで見所のある男なんだ。君は嫌いかもしれないけど」

「友達なの？」

「どうだろう、そういう呼び方は適切な表現じゃない気がするな」

「じゃあ、手下？」と聞くと、彼は笑って手を振った。

「そんなこと言ったら彼が怒るよ」

「あの男のことはもういいよ。君のことを聞かせてほしい」

「じゃあ、僕がここで何をしていると思う？」

「……それは昨日からずっと考えてた。でも、まだ答えは出てない。君は悪事だと言ったけど、そんな曖昧な表現じゃ言い表せないように思う。金品目的かもしれない。性欲のためかもしれない。あるいはまったく違った理由からなのかもしれない。もしかしたら、君自身でもやっている理由は分かっていないんじゃないかい」

「はは。まるで精神科医みたいだね。案外そっちの方面も向いているんじゃないかい」

「ただ思ったことを口にしてるだけだよ」

「茨木や他の仲間は純粋に楽しんでやってるみたいだ。最初は僕もそのつもりだったけど、最近はなんだか少し違うんだ。もう何年もこんな鬼の所業みたいなことをやってるのに妙なものだね」と彼は首をかしげた。

「ずっとこんなふうに生きているの？」

「まあね。僕は渡った橋を焼き落としてしまったんだ。もう元には戻れない」

そんなことはない、とは言えなかった。彼は殺人鬼だ。山賊のような粗暴な生活を続けるしか選択肢は残っていない。そして、その先に待っているのは破滅だけだろう。昔の彼からすればとても似つかわしくない生き方だ。

「田丸君については少し申し訳なく思っているんだ」

「申し訳なく？」

「彼のことはあまり殺したくなかったんだ。君が自責の念に駆られるのは目に見えていたからね。でも、生かしておくのは危険だという周りの声を抑えられなかった。僕の力不足だよ。はっきり言っておくよ。彼が殺されたのは断じて源君のせいじゃない。責を負うのは僕の仕事だ」

田丸。

酒見君がいくら擁護してくれようとも、咎の意識が薄れることはない。依頼をしなければ、死ななくて済んだのは事実だ。彼にも家族がいて、今頃きっと心配しているはずだ。

再び沈黙。

御狐様の話を意図的に避けられているようにも感じられた。だが、それでは先に進めない。何日もここに留まるわけにはいかないのだ。源は一度咳払いをした。その音はいびつに響き、暗い室内に反射した。

「あのときのこと、聞いてもいいかな。酒見君はあまり話したくないかもしれないけど」慎重にそう聞いた。

「気にしなくていいよ。君はそのために来たんだものね」

「ありがとう」

一度、深呼吸をする。

「酒見君はあのときのこと、まだ覚えている？　自分ははっきり覚えている。忘れたくても忘れられないんだ。それでも、考えなくて済むよう長い間頭の片隅に追いやってたんだ。でも、もう目を逸らすことはできない」

「日隈君が死んだから？」

源は頷く。

「――二十歳までに三人死ぬ」

酒見君は静かな声でそう言った。昨日よりもよく表情が分かる。彼が説明したとおり、目が慣れてきたのだろう。

「島田君と日隈君、四人中、二人が死んだんだね」

「そういうことになる」

「偶然だと思う？」

「確率は低いだろうけど、その可能性は否定できない。でも、偶然だと信じられるなら、君を捜すような真似はしていない」

「じゃあ、僕の身に起きたこと、あれもその類に関わることだと思う？」酒見君がそう聞いた。

「……分からない。たしかにあれは不可思議な出来事だった。でも――」

「不可思議？」酒見君がこちらの言葉を遮った。

「えっ？」

「あれは『不可思議なこと』で片づけられる程度のものなの？」その声にはかすかに、しかし確実に怒気がこもっていた。体の芯から発せられる、隠しようのない感情だ。

「いや――」

「あの熱さ、髪と皮膚が焼ける匂い、気が狂うような痛み、惨めさ、入院や何回もの手術、憐れむような医者の視線。そんなのが全部『不可思議』の一言で片づけられてしまえるのかな。そんなの、僕は認められない。あんなことがなければ僕はここにいなくて済んだかもしれないのに」彼は早口でそう言った。

「ごめん。言い方を間違った」源はそう謝罪する。相手の豹変ぶりがひどく恐ろしかった。

彼は左の瞳でこちらをじっと見つめてきた。心の底を射抜くような視線だ。

「悪かった」源は再度謝る。

ふっと彼の表情が緩む。

「いいよ、気にしていない」彼は穏やかな口調に戻り、そう言った。

「でも――」

「君でも言葉を間違えることがあるんだね。意外だよ」と笑う。だが、その姿はどこか痛々しく映った。

「僕は君が思うほどの人間じゃない」

「今夜はここまでにしようか。僕は散歩にでも出てくるよ。夜風で頭を冷やしたい」そう言って彼はふらりと部屋を去った。口調とは裏腹に覚束ない足取りだった。引き止めることはできなかった。


御狐様の二週間後、酒見君は顔面に大火傷を負った。

彼を含む男子三名が年末清掃のゴミ当番で、台車一台分のゴミを校庭の焼却炉に運んだ。先に他の学年が処理を済ませていたようで、炉の中は激しく燃え盛っており、煙突からはもくもくと黒煙があがっていた。

五十センチ四方の扉を開け、不要になった用紙や可燃ゴミを入れる。炉内の火勢にたじろぎ、最初はトングを使って少しずつ慎重に入れていっていたが、慣れ始めると何十枚もの束をどんどん放り込むようになった。そうでもしないと時間がかかって、部活動に遅れてしまう。それに、入れるたびに火勢を増す炎の様子にも興奮した。

酒見君は二人から数歩下がって作業を眺めていた。当番なので最低限の仕事はするが、決してリーダーシップを取ったり、無邪気にはしゃいだりはしない。

そのとき、東の方角から強い突風が吹いた。炉内が一層赤くなり、何かが爆ぜる音が響く。

驚いて仰け反った生徒の横を、放り込んだばかりの紙の束がすり抜けて飛び出てきた。白かった用紙は真黒に焦げ、何枚もが一体となり半分ほどの大きさに縮んでいた。風に煽られ一度上空に上がり、そして落ちてくる。生徒がワッと悲鳴をあげた。それが猛烈な熱を持ち非常に危険であることは一目で分かる。さすがの酒見君でさえ驚き、尻餅をついた。

焼けた紙が酒見君の顔に舞い落ち、吸着するように貼りついた。右の半面にだ。目撃した生徒たちは、まるで彼を狙ったかのように、意思を持ったかのようにそれは降ってきた、と証言した。彼は絶叫し、地面をのた打ち回った。残りの二人はひどく動転し、救助もせず喚きながら走り去った。次は自分が襲われると思った、と後日二人は話した。騒ぎを聞きつけた教員が駆け寄ったとき、酒見君は意識を失い、蚕のような姿で横たわっていた。

病院に救急搬送され、治療が行われた。翌日、クラス全体には彼が事故に遭いしばらく入院するとだけ報告がなされ、容態までは伝えられなかった。顔面の皮膚がただれ、筋肉繊維がむき出しになってしまっている。理科室の人体模型のようになってしまった。そんな根拠のない噂ばかりが出回った。彼に好意を寄せていた多くの女子は泣き、御狐様に関わった自分たちは戦慄した。

自分だけではない。クラスメイトの誰一人として見舞いに行く者はいなかった。酒見君の、あの顔の無残な末路など直視できるはずがない。

年が明け、しばらくしてから、彼の転校が告げられた。重度の熱傷を治療するには専門的な手術が必要なので、県外の大きな病院に移ったという。ゴミ当番は廃止され、焼却炉は解体された。彼が去ったことに対し、正直なところ心のどこかで安堵していた。あんな出来事が事実だと認めなくなかったし、一刻も早く忘れたくもあった。

不可思議、という言葉はやはり適切ではなかった。あの事故が彼の人生を狂わせたのだ。あんなことがなければ、もっと真っ当な人生を歩んでいたはずだ。いやそれどころか、一般の人間では手に入れられないような輝かしい未来を手に入れていたかもしれない。彼のような者であれば、自らが望む何にでも成れただろう。明日、きちんと謝ろう。傷をえぐるつもりはなかったのだと。

その夜もあまり眠れなかった。一度、茨木がこちらの様子を見に来て、食料と水を捨てるように放っていったが、会話は交わさなかった。何を話したところで関係が改善されることはないのだろう。最初から敵視されている。他の仲間とおぼしき男たちも、まるで檻の中の動物でも見るかのように次々と覗きにきたが、もはや相手の顔をまともに見返すことすらしなかった。

茨木が、酒見君を人の道から外れた行いに引きずり込んだのかもしれない。自発的にああなったとは思えない。酒見君は凡人とは違う。彼のような者がこんな人里離れた場所で穴熊のように暮らしていいはずがない。

虫が這い回る気配にも抵抗を感じなくなってきた。この環境に適応し始めているのかもしれない。だが、それは決して良いことではない。慣れることが目的ではないのだ。

一人でじっとしているとひどく焦れる。我慢が必要だ。急いてはいけない。一応、前進はしている。そう自らに言い聞かせようとするが、感情が乱れるのを抑えることができなかった。早く日常に戻りたい。医学にも、学生生活にも楽しみは見いだせてはいない。退屈で凡庸な日常だ。だがそうだとしても、自分の居場所はここではない。

こちらの用が済んだからといって、茨木たちがすんなりと解放してくれるという保証はない。秘密保持の名目で田丸のように処分される可能性だってある。酒見君の力に頼ることになるのだろうが、彼の権限はいくぶん揺らいでいるようにも見えた。何もかもが綱渡り的だ。うまく立ち振る舞わないといけない。

眠れぬまま曇天の朝を迎えた。ここに来てから一度も太陽と月を目にしていない。

昼の間、用便ついでに周囲を散策してみたが、やはり脱出は一筋縄ではいかなそうだった。車両の轍を見つけることができない。茨木か誰かが毎回痕跡を消しているのだろう。もう少し詳しく調べたい気もするが、目立つ行動は避けることにした。帰りが遅くなれば怪しまれる。

昨晩は、ずっとこれまでの出来事を反復していた。

連れてこられたとき、短い間だけ停車した。あれは正規の道路から外れたことを意味していたのだろう。きっと脇道への入口を何かで隠蔽しているのだ。それをどかし、車を動かし、再び元に戻す。この土地の所有権がどうなっているのか知らないが、もし利権絡みで宙ぶらりんになっているのであれば、ここに立ち入る者は本当に誰もいないことになる。

酒見君と茨木。その他の仲間は三人いる。いずれも若い男で、茨木と同じようにやさぐれた印象を受けた。わずかな隙に乗じて脱走したとしても、彼らを振り切るのは不可能だろう。

源は部屋の隅に座り、岩窟の蝙蝠のようにじっと夜を待った。そうする以外手立てがない。この数日でずいぶん忍耐強くなった。今夜こそ話を終わらせよう。

深夜、階下で笑い声がくぐもって響く。複数の男による野卑た声だ。ここではどれだけ大声を出しても周囲を気にする必要はない。美那子を弄んでいるのかもしれない。あるいは、皆で酒でも呑んでいるのかもしれない。灯りのない、狭い部屋で男たちが車座になっている姿を想像してみる。彼らはいったいどんな話をするのだろう。

しばらくして、昨日と同様に入口の壁をコンコンと叩かれた。

「こんばんは。失礼するよ」酒見君だ。

「待ってたよ」源は立ち上がり、そう答えた。

「ずっと一人でつまらないだろう？　お客様なのに申し訳ないね」酒見君はまたも窓辺に移動し、そう言った。外を眺め、決してこちらを見ようとしない。

「いや、気にしなくていい。考えることはいくらでもあるから」

「そうなんだ」

「それに、酒見君のほうがずっと退屈そうに見える」

そう言うと、彼は、はは、と乾いた声で笑った。

「それより、昨日はごめん。やっぱり言葉が悪かった。ああいう表現はするべきじゃなかった。言葉と気持ちが一致してなかったんだ」源は深く頭を下げた。

「そんなに謝らないでよ。僕も大人気なかった」

下から再び大きな笑い声が響いた。

「酒を呑んでいたのかい？」彼の体からは微かにアルコールの匂いが漂っていた。

「まあ、たまにはね」

「酒見君にアルコールのイメージはないな」

「お互い中学生の記憶で止まっているからね」と酒見君は機嫌よさそうに答える。

確かにそのとおりだ。

「源君はお酒は呑むの？」

「それなりには」と答える。

「それなら酒席に招かなくて悪かったね。今から一緒に来ないかい？」

「いや、いいよ」

「遠慮はいらないよ。茨木たちはあまり良い顔しないかもしれないけど、余計なことは言わせないから。きっと楽しくなるよ」

「話すならシラフで話したい」

「相変わらず真面目だね」と彼は少し茶化すように言った。

「別に真面目じゃない。ただ話がしたいだけだ」

「そっか」と彼は頷く。

お互い言葉を探す。

先に発したのはまたも彼のほうだった。

「昨日、僕がここでやっていることの理由を聞いたよね」

「ああ」

「僕なりにもう一回考え直してみたんだ。どうしていつまでもこんなことを繰り返しているんだろうって。『惰性』なんて単語を使ったら、殺した人たちに悪いしね。それなら素直に『お遊び』とか『暇つぶし』って開き直ったほうがまだマシだ。でも、やっぱりそれも正確じゃない気がする。ずいぶん頭を悩ませたよ。こんなふうに真剣に考えたのは久しぶりだ。源君のおかげでそういう機会を得ることができたんだ。ありがとう」

なんと答えていいか分からない。

「それで、今夜になってようやく答えらしき言葉に行き着いた」

「何だい?」

「何だと思う」

「……分からない。想像もつかない」

『復讐』だよ。まだ確信を持って言えるわけじゃないけどね。でも、その言葉が一番しっくりくる」

「復讐?」

「うん」

「誰に対する?」

「女だよ。世界中の女だ」と言って彼は天井を仰ぎ見た。「驚くべきことに、今までまったく気づいていなかったんだ。自分が女という存在をここまで強く憎んでいるってことをね。胸の内をこんなにも占めていたっていうのに。逆に大き過ぎて見えなかったのかもしれない。そう、僕は女が許せない。あの性を持つ者全員を敵視している」

静かな口調ではあったが、彼の言葉は揺らぐことのない確かな強度を持っていた。

「どうして?」源はさらに聞く。

「元は僕が悪いのかもしれない。僕のせいで多くのラブレターが無駄になり、彼女たちの想いを踏みにじった。同級生だけじゃない。女教師や保護者まで言い寄ってきた。ひどいよね。僕は心底うんざりしていたし、嫌悪してもいた。青臭い同級生を好きになんてなれなかったし、二十歳も年上の女の色目なんて耐えがたいじゃないか。最初の頃は、大人がそんなことをしてくるなんて信じられなかった。でも、事実なんだ。僕は誰の気持ちにも応えるつもりはなかった。

亡くなった母の代わりに家に出入りするようになった女も嫌いだった。彼女は献身的だったよ。だけど、僕はそれを断固として受け入れなかった。何かの折、偶然肌に触れられただけで身の毛がよだって、きつい拒絶の言葉を吐いてしまった。僕は女たちに良い振る舞いをしたことがないんだ。あの事故は、そんな行いの報いが我が身に振りかかってきたんだよ。御狐様が原因じゃない。身から出た錆なんだ」

「考えすぎだよ。そんなことはない」

「源君は優しいんだね」

「そんなのじゃない、本心だ」

「焼却炉で燃やしていた紙屑、その中には僕宛のラブレターが含まれていた。溜まったものの処分に困っていたんだ。ちょうど当番だったから、こっそり紛れ込ませて焼き払ってしまおうと思ったんだよ。猛火に焼かれ、炭化しかかった紙が僕の顔に張りつく瞬間、文字が目に入った。そこには僕に対する熱烈な感情が書かれていたよ。そう、あれは紛れもなく誰かからの恋文だったんだ」

「そんな」言葉を失いかける。

「あのとき僕が怖がったのは火じゃない。女たちの妄念だ」

「一瞬でそこまで判別できるはずがない」

「僕のせいで多くの女が傷つき、女の妄念のせいで顔が焼かれた。因果応報なんだろう。それでもやはり僕は女を憎む。許すことは永遠にない。逆恨みだろうが何だろうが関係ない。怨恨なんてものは大半がそんなものなんだろうしね。源君はそんな僕のことをどう思う？　愚かしいだろう。間違っていることは理解しているつもりだけどね」

「……正直、よく分からない」

「そうかもしれないね。君は真っ当な人間だから、こういった感情を理解するのは難しいかもね。でも、聞いてほしいんだ、源君に。こんなこと他の誰にも話せないからね。肯定も否定もしなくていいから、もう少しだけつきあってくれないかな？」

源は頷いた。

「ありがとう」

酒見君は終始外を眺め続けている。だが、彼は気取っているわけではないし、こちらに意識が向いてないわけでもない。

「母は優しい人だった。多少過保護気味ではあったけれど、一人っ子の僕を大切に育ててくれた。それほど美しいわけでも、気立てがいいわけでもなかったのかもしれないけれど、僕にとってはかけがえのない人だった。父と母と僕。三人で生活している頃は何もかもうまくいっていた。

父のことも好きだったよ。それはもう、母と変わらないくらい。いいや、違うな。僕は両親を二人で一組と見なしていた。父と母、あのつがいは不可分なものだったんだ。僕に限らず、小さな子どものうちはそういう捉え方をする場合があるのだろうね。

父はとてもハンサムで、家庭では仕事の苦労やストレスなんて微塵も見せなかった。服のセンスがよくて、スーツがとても似合っていた。自慢の父親だったよ。僕のことを愛してくれていたのも間違いない。

でも、母が事故で他界し、すべてが暗転した。僕が小学六年生のときだ。父は唐突に変わった。盛りのついた獣のように女を漁り出したんだ。それが、母を失ったショックによるものなのか、元来からの性癖が解き放たれたものなのかは分からない。同時に息子に対する興味も失ったらしく、会話がなくなり顔を合わす回数も減った。

そのうち、一人の女を家にあげるようになった。父より七歳も年上の、小皺ばかり目立つような女さ。なぜ父があんなのを選んだのかは分からない。たぶん、母の死後、相当数の女に手を出していただろう。それなのに、どうしてあんなパッとしないのを選んだんだろう。こちらに何の相談もなく、いつの間にか二人は籍を入れていたよ。それが田丸君が調べた、アパートに住んでいる女だよ。戸籍上の母親さ。でもね――」

彼はそこで言葉を切った。まるで風が不意に凪ぐような終わり方だった。

「どうしたの？」

「ごめん。やっぱりこんな話はやめよう。話したところでどこにも行き着かない。気が滅入るだけだし、源君だって面白くないだろう。君は医者の卵であってカウンセラーじゃないものね。

いったい僕は何を感傷的になっているんだろう。恥ずかしいよ」

「自分はかまわない。話したいだけ話せばいい」

「いいや、本当にもういいんだ。今さら何を言ったところで後づけにしかならないんだよ、こういうのは。言い訳や恨み言なんて口にしても意味がないんだ。それに、これでも少しはすっきりしたし」と彼は弱い笑みを浮かべる。

「……今、お父さんはどうしてるんだい？」

「さあね、知らないな。京都に来て、しばらくしたら消えた。また他の女の尻でも追っていったんじゃないかい」

「そうなんだ」

「あっ、名誉のために一応言っておくと、殺してはいないからね」冗談のつもりなのかもしれないが、笑い返すことはできなかった。

話の筋道を戻さなければならない。ここで帰られたら、また先延ばしになってしまう。

「酒見君の身に起きた、不幸なあれが、御狐様によるものじゃないのだとしたら、呪いはまだ続いていることになる」

「呪い」そう呟き、彼はクスクスと笑った。

「他に表現しようもないだろう。自分にとっては大げさな言い回しじゃない」源はムッと言い返す。

「そうだね、ごめん」と謝りながらも、その声色はまだ緩んでいた。

「どうして御狐様があんなことを示したのかは分からない。日隈のやり方がよくなかった可能性はある。紙に書くというルールに則っていなかったから。そもそも遊び半分でやるものじゃなかったんだ。あのときの、あの空気を思い出すと今でもぞっとする」

「源君は医者を目指しているのに、あんな超常現象を本気で信じているの？」

「信じたくはない。だけど、すでに当事者が二人死んでいるんだ」

「御狐様だかなんだかが確かに存在するという前提で話をするなら、あそこにいたその何かは僕たちのことが気に食わなかったのかもしれないね。無礼だし、ルールは守らないし。だから、脅すような行為をしたんだ。でも、何年も後に人を憑り殺すような真似ができるのかな。しかも、三人なんて中途半端な数を。それならその場で四人とも殺してしまったほうがよほど手っ取り早くないかい」

「……そんな理詰めで考えられる類いのこととは思えない」

「もちろん、コインを動かしたのは僕じゃないよ。源君でもないことは分かっているし、他の二人でもない。誰か個人の意思でないことは明白だった。でもだからといって、狐の霊が存在していたということにはならないんじゃないかな」

「あの後、色々と調べはしたよ。不随意筋が関係していると書いているものもあった。でも、何を読んでも腑に落ちることはなかった」

「繰り返すけど、あの二人が死んでしまったのは偶然だといって片づけることもできるよね。確率が低いとは言っても、ゼロではないんだから。でも、それでは君は納得できないし、不吉な影を払拭することもできない。不随意筋云々なんて頭では理解できても、心が受け入れない。このままではいつまでも怯え続け、何かあるたびに御狐様と結びつけてしまう。そういうことかな？」

　源は頷く。

「あと数週間もすれば僕は誕生日を迎えるし、そこまで無事にいられたら、残るのは源君一人になってしまうからね。君にとってそれはずいぶん恐ろしいことだろう。死刑宣告みたいなものだ」

「みっともないかもしれないけど、すべて酒見君の言うとおりだ」

「みっともなくなんかない。当然の反応だよ」

「いや、さっき酒見君が口にした疑問が正しいよ。仮にも医師を目指す人間が、オカルトにここまで振り回されるなんて、本来あってはいけないことなんだ」

「やっぱり源君は真面目だね。いや、真面目過ぎるかもしれない。医師にも多少の柔軟性は必要なんじゃないかい」と彼は笑う。

「そうかもしれない」

「あるいは、あれは呪いなんかじゃなくて、予言だったのかもしれないよ」

「予言？」

「そう。だって、御狐様はいろいろなことをぴたりと当ててくれるんだろう。それなら、僕たちの将来を教えてくれたんじゃないかな。親切心で。あの二人は最初から死ぬ運命だったんだよ」

「……そんなこと考えもしなかった」源は呟くようにそう答えた。呪いではなくて予言。そうであれば、結果は同じでも意味合いはまったく異なってくる。

「他にも可能性なんていくらでもあるよ。ただ正直なところ、僕は君たちほど気にしていなかったんだ。少年時代の戯れの一つとして記憶に残ってはいたけれどね。それでも、源君が抱えている感情は理解できる。君が真実だと感じているならば、それは確かに真実なんだ」

一瞬、空白ができる。

すっと彼が右手で顔の半面を覆い、初めて正面を向いた。それはとても自然な動作で、源は問いかけもせず、相手を見つめ返した。

酒見君がゆっくりと右手を降ろした。

「僕はここを出るつもりはない。どんな形にせよ、終わりが来るまでこのサナトリウムに居続ける。だって、こんな顔だものね。街で好奇や嘲りの視線に耐え続けるくらいなら、山奥で鬼と恐れられて生きていくほうがいい。どれだけ退屈だろうと、どれだけ苦痛だろうともね。いつか、きっと誰かが討ちに来るんだろう。鬼となったこの僕のことを。むしろ、僕はそれが待ち遠しい。終わりはそれしかないような気もするんだ。もしかしたら君がその人なのかと期待したんだけどね。違ったのかな」

源はひどく混乱し、よろめいて壁に背中をぶつけた。彼はいったい何を言っているのだ。彼の顔はしっかりと完治していて、痕跡さえ見つけられない。暗闇の中でもその美しさは際立っていた。だが、酒見君はいまだに焼けただれていると信じ込んでいる。彼もまた過去から脱却できていないのだ。

君の顔は治っている。

君は誰よりも美しい。

そう真実を伝えたい。しかし、口にすることはできなかった。そんなことを言っても逆に深く傷つけるだけだ。彼を縛りつける頑強な縄は、他人には決してほどくことはできないのだ。いつも涼しい顔で、笑みを忘れることもないが、心の中は誰よりももがき、苦しんでいる。

「お酒を呑もう」酒見君は明るいトーンに変えた。「真面目な話は疲れたよ。まだ足りないなら、明日また話そう。今夜はここまでにしておこうよ。一緒に二階に行かないかい。茨木たちが焼酎や日本酒を沢山持ってきてくれている」

とてもそんな気分ではなかったが、断ることはできなさそうだった。

「場所は分かるから、先に行っておいてくれないか。着替えたいんだ」

「うん、じゃあ待ってるよ」彼は嬉しそうに答え、部屋を出た。

殺人者たちを相手にどんな話題で盛り上がればいいというのだ。共通するものなど何もない。違う世界に生きているのだ。しかも、酒見君以外はこちらに強い敵愾心を抱いてもいる。粗相があれば、ひどい目に遭わされるかもしれない。

覚悟を決めるしかない。

準備を整え、二階に降りた。女の監禁部屋に全員集まっている。ロウソクの明かり一つない室内で、うなだれる美那子を無視して男たちが楽しそうに騒いでいた。競馬の話をしているようだった。山を下ったときに賭けているらしい。だが、酒見君だけは直接会話に加わらず、ここにこと話に耳を傾けていた。まるで小さな弟たちの会話を見守る長男のようでもあった。

美那子は二メートルほど離れた先で繋がれたまま動く気配がなかった。もしかしたらすでに死んでいるのかもしれない。床には乾いた血が広がっていた。

「おい、お前、こっち来いよ」したたかに酔っている様子の茨木が手招きする。仕方なく彼の横に腰かけた。

「おお、客人だ客人だ」、「客人？　愛人の間違いじゃないか」、「おいおい、失礼なことを言ったら酒見に怒られるぞ。やばいやばい」残りの男たちが掛け合い、勝手に笑っていた。全員すでにかなりアルコールが入っているようだった。

こちらにかまわず馬鹿話が繰り広げられ、下品な笑いが広がる。丁寧に扱われはしないまでも、小突かれたり怒鳴られたりすることはなかった。酒見君に視線を送ると、彼は穏やかに微笑み返してきた。

源は少なくなったコップを自主的に引き取り、焼酎の水割りを作っては返していった。慣れない作業でうまく注げないが、それでもうろ覚えで酒を作った。最初は不審そうな目で見られたが、そのうち相手にされなくなった。酒見君は「そんなことしなくていいよ」と言ってくれたが、それでも源はその役割を譲らなかった。男たちは注いだ端からコップを引ったくり、呷る。酒見君の酒量も着実に増えていった。

仲間に囲まれていても、酒見君はひどく孤独に映った。まるで自分を罰し続けているようにも見えた。

美那子が少しだけ動いた。よかった。生きている。意識を失っていたのだろう。だが、体はさらに傷ついていた。本当にもう限界かもしれない。彼女が死んだら、街から新しい犠牲者が連れてこられる。彼らにとってそれは至極当然のことなのだろう。食料の補充と同じ感覚だ。

延々と続く競馬談義。男たちのことが、次第にそこらの若者と変わらないようにさえ思えてきた。だが、この場所が、美那子の存在がそれを明確に否定する。

「お前、馬はやらないのかよ?」男の一人が突然話題を振ってきた。ずいぶんろれつが回らなくなってきている。

「しない」源は素直にそう答えた。

「はっきり言うんだな」と相手は笑う。

「競馬場に行ったことがないし、ルールもよく分からない。そもそも賭け事があまり好きじゃないんだ」

「はぁっ？　お前、やっぱ駄目な奴だな。男なのにギャンブルの一つもできないのかよ。お坊ちゃんらしいわ」馬鹿にするように男がそう言う。

「だから、あんまり言うなって。なんたってこいつは客人なんだ。なあ、酒見」茨木がそう言って見下すように笑う。

絡まれ始めた。嫌な予感がする。助けを求めて酒見君を見たが、彼はすでに瞼を閉じ、ゆっくりと揺れてた。こちらの信号に気づかない。

「だいたい客人ってなんだよ。なんで、そんな奴をここに入れなきゃいけないんだ。俺ら以外を迎え入れるとかムカつくわ。この敷地に入れるのは死人か、そのうち殺す人間だけだってルールだったろ」男の一人が怒気を込めて言う。

「中学のときの友達らしいぜ。わざわざ昔話をしにきたそうだ。馬鹿らしい。酒見の新しい慰みものだろ」茨木が言う。彼らも酒見君の意識がなくなっていることを把握したらしい。言葉尻が強くなる。

「夜、いつも二人きりで何やってるんだろうな。初日なんて仲良さそうに手を繋いでたぞ。やっぱそういう関係なんじゃないか」と言い、全員で笑う。

どうも彼らは酒見君のことを頭の先から信奉しているわけではないようだ。少なからず不満を抱えている。彼らの関係性はやはり磐石ではないのかもしれない。源は自分が立っている足場がさらに小さく狭まるのを感じた。一歩でも踏み外したらおしまいだ。

だが、彼らの口調が次第に勢いを失っていく。しきりに目を擦り、あくびを繰り返す。おかしいな、と口にする者もいた。源は黙ってその様子を観察し続けた。ようやく薬が効いてきたのだろう。この部屋に入る前に、持参した睡眠薬をすべて粉末状に砕いておいた。当初、危険を冒してまで使用するつもりはなかったが、すすんで水割りを作る自分に注意を払う者はいなかった。

酒見君が静かに胸を上下させ、残りは横になり鼾をかき始めた。よほど大きな音をたてない限り、朝まで目は覚めないはずだ。睡眠薬は、もともと不眠の気があるので常備してはいたが、ここに持ってきたのは別の理由があった。こんな場所に連れられ、軟禁されるとまでは考えていなかったものの、酒見君に対して使用する可能性を最初から想定していたのだ。

ゆっくりと立ち上がる。美那子がこちらに眼を向けてきた。源は彼女を直視することができなかった。助けられない。仮に足枷を外せたとしても、ここまで衰弱した者を背負って山を下ることなど到底できない。共倒れになるのは明らかだ。

酒見君に近づく。彼は座ったまま壁にもたれかかっていた。寝姿もまた息を呑むほど秀麗だった。

彼という人間を理解することはできない。だが、彼が解放されたがっていることだけは分かった。早く終わりが来ることだけが希望なのだろう。源はさらに一歩踏み出した。

「——僕を、殺すのかい？」目をつむったまま酒見君が小さく声を出した。源は心臓を鷲摑みにされた気がした。

「……起きてたの？」

あれだけの量を盛ったのだ。効いていないはずがない。

「どうだろう。よく分からない。まだ、眠りの中にいるのかもしれない。夢心地で、とても気分がいいよ。頭が、ぼんやりする」彼は穏やかな声でそう言った。少なくともまだ覚醒しきってはいないのだろう。もしかしたら薬にいくらか耐性があるのかもしれない。

「眠いんだろう。そのまま寝ておくといいよ」刺激しないようそう言う。

「僕たちに、何かした？」

源は何も答えなかった。生唾を呑み込む。

「……首を絞めて、いいよ。今なら抵抗できない」彼は誘うようにそう言った。

「え？」

「機会は、今しかないよ」

「でも」

「最初から、そのつもりで、会いに来たんだろう？」とても穏やかな口調だった。

「……」

「やるなら、茨木たちが起きる前に、やったほうがいい」

何もかも見抜かれていた。だが、彼もまた実行を望んでいる。やらない理由はない。

しかしそれでも。

源はその場で硬直する。これならまだ抵抗されたほうが覚悟を決めやすかった。息が詰まる。

彼は友だちだった。彼は憧れだった。ようやく再会できたのだ。窓から夕焼けのグラウンドを眺める中学生の彼と、目の前の彼が二重写しになる。

「……できないよ」喉の奥からようやく声を絞り出した。

「なぜ？」

「なぜでもだよ」

「説明に、なっていないよ」と彼はわずかに口角を上げた。

「……たぶん、もう必要ないんだ」

意識せずにそんな言葉が出てきた。だが、発した直後に自ら理解できた。そうだ、今さら彼を殺す必要などないのだ。酒見君はもう人ではない。彼は一度死に、鬼となったのだ。あれが呪いだったのか、予言だったのかは分からない。ただ、島田と日隈が死に、もうすべては終わっていたのだ。

「――そう」彼は短く相槌を打つ。

「酒見君の命はいらない。僕は山を下る」

「分かっ、た」と彼は小さく頷いた。

酒見君と視線を合わせる。彼は今にも眠ってしまいそうだ。

「……ところで、その股割れさん、どうしたい？」

「自分にはどうにもできない。手に負えるものじゃない」

「それでも源君に、任せるよ。足枷の鍵は、胸ポケットに入っている」

まさぐると確かに鍵に触れた。抜き出し、逡巡してから美那子の傍に置いた。彼女は理解できないようで、じっとそれを見つめた。無責任かもしれないが、使い道は彼女自身に委ねることにした。

「君らしいね」と酒見君が言う。

「間違っているかな？」

「いや、それで、いいと思う」

酒見君がしっかりと瞼を持ち上げた。互いに微笑みあう。

「そろそろ行くよ」源が言う。

「そうかい」

「もう会うこともないだろう」

「残念だよ」

「僕もだ」

彼は決して同情などしてほしくないだろう。哀れみだって受けたくないはずだ。欲していたのは、共感と理解だ。しかし、自分にはそのどちらも無理だった。きっと世の中でそれができる者なんていないだろう。彼は息絶えるその日まで孤独であり続けるしかない。本当に残念で、哀しいことだけれど。

「帰り道は、分かる？」

「分からない。でも、なんとかしてみる」源は素直にそう答える。

「まずは車がお尻を向けている方向に歩くんだ。ところどころにかすかな目印がある。木に傷をつけているんだ。それを逆に辿ればいいよ」

「見つけられるかな？　せめて月明りがあればよかったんだけど」

「じゃあ、僕が雲を吹き飛ばしておくよ」そう言って彼は短く、しかしとても楽しそうに笑った。

「期待してるよ」と源も笑い返す。

「途中、古い松が目に入る。三本並んでいるからきっと気づくはずだ。それが外界との境目だよ。そこを越えたら脇の小道を下っていくといい。車が通ったのとは違うルートだけど、そちらの方が早く開けた場所に出られる。茨木たちも知らない道だよ」

「分かった。ありがとう」

「もう行ったほうがいい。皆には追わないよう言い聞かしてみるけど」と言って彼は言葉を切った。抑えつける自信がないのかもしれない。もしかしたら自分の存在が反乱のきっかけになってしまうのかもしれない。それでも留まるつもりはなかった。

「じゃあ」源は静かに歩き出した。

「立派な医者になるんだよ」

「努力するよ」源は振り返ることなく、そう返事をした。

階段を降り、玄関を開けて外に出る。初日に乗せられてきた車が見える。不思議と今は自分の両手両足もはっきりと視認できた。

見上げると、大きな三日月が浮かんでいた。星々もここ数日の分を取り返すかのように輝いている。足を踏みしめ、地面の感触を確かめた。大丈夫。これならきっと無事に戻られるだろう。歩むべき道筋は教わった。

密やかな号令のように弱い風が吹き、草木をたおやかに揺らす。源は背を押されるようにゆっくりと歩き出した。遠くで蟬が鳴いていた。

ある夜の重力

風の強い日だった。

業務を終え、ロッカーからスマートフォンを取り出すと、一件のメールが届いていた。

――会えないかな
榊君からだ。四年ぶりの連絡とは思えないほど簡素な文章だった。だが、それだけに妙な胸騒ぎがした。受信からすでに三時間が経過している。慌てて返事を送ると、バーベキュー場で待っていると返ってきた。大学二年生のとき、三人で集まったあの場所だ。

通りに出てタクシーに飛び乗る。目的地はここから二十分ほどの距離だ。正体不明の息苦しさを覚え、僕は無意識のうちにネクタイを緩めた。運転手が頻繁に話しかけてくるが、残業の疲労も相まって応対する気になれない。着いたら起こしてくださいと告げ、僕は目をつむった。

総合公園の時計台はちょうど十時を指していた。ここに来るのはあのとき以来だ。

夜の園内は一種異様なほど静まりかえっていた。これだけ広く、整備された敷地にも関わらず、一人のジョガーさえ見当たらない。『歯医者の息子』のせいだ。ここだけじゃない。東京中で何年もこのような状況が続いている。もう二十人近くが犠牲になっているのだ。日没後の公園に出向かないのはもはや常識となっている。

バーベキュー場はどこだっただろう。案内板を頼りに進む。十一月初めにしては寒い夜で、白い息が漏れる。僕はコートを着てこなかったことを後悔した。枝を大きく広げた樹木が頭上を覆い、顔を上げても月が見えない。風が吹くたび木々の影が魔女の踊りのように揺れ、枯れた葉がかさかさと音を立てる。突然、鳥が悲鳴のような甲高い声で鳴いた。どこかに歯医者の息子が潜んでいるかもしれないと思うと、自然と早足になった。

ずいぶん歩いた気がするが、まだ着かない。反対側の入口のほうがずっと近かったようだ。きちんと調べてからタクシーを降りるべきだった。道を敷き詰めるイチョウの葉に足を滑らしそうになった。榊君はまだいるだろうか。もしかしたら会えないかもしれない。だんだんそんな気がしてくる。

あのとき、僕らは盛大に飲み、周りも気にせず騒いだ。僕は重力について説明し、春は運命について語った。榊君は絶えず笑っていた。いや、彼だけじゃない。僕や春も同じだ。何もかもが楽しく、何もかもが輝いていた。今では前世の記憶のようにさえ感じる。

遠くにともし火が見えた。

進んで行くと、それが焚き火であることが分かった。脇に佇む人影が一つ。榊君だろう。じっと火に見入っている。僕は一度立ち止まり、胸を押さえ深呼吸をした。

「やあ、久しぶり」

バーベキュー場に足を踏み入れると、彼は顔を上げ、変わらぬ笑顔でそう挨拶をしてきた。大学時代と同じお面を被っている。

「突然の連絡だったからびっくりしたよ」僕は歩み寄りながら言葉を返した。近づくほどに火の温もりが感じられる。僕は凍えた両手を焚き火の近くに伸ばした。

「ごめんごめん」と彼は短く笑う。

備えつけのバーベキューコンロに枯れ葉や枝を放り込み焚いている。彼は昔から火の扱いに長けていた。しかし、勝手にこんなことをしていいものなのだろうか。

「ちょっと寒かったからさ。大丈夫、誰も来ないよ」こちらの心配を察したのか、彼のほうから先にそう言った。

確かに閉鎖中のバーベキュー場に用事がある者などいないだろう。ときおり炎の中から小さく爆ぜる音が響く。

照明の類は一つもついておらず、光源は焚き火だけだ。風が通り抜けるたびに彼の姿が揺らめく。久しぶりに彼のお面と対峙すると、初めて会話を交わしたときの戸惑いが蘇ってくる。

「光安君は元気にしてた?」長い枝で火をつつきながら、そう聞いてくる。

「うん、まあ」

「スーツ姿が似合っているね。もう立派な大人だ」

「そんなことないよ」

「あれから研究の道に進んだの？」

「……いや、大学院には進まないで、就職したんだ。今はただのサラリーマンだよ。病院で事務をしてる」束の間逡巡したが、正直に答えた。

「じゃあ、重力の研究はやめてしまったの？」

火の強さは一定でなく、まるで呼吸をするかのように大きくなったり縮んだりしている。

「研究職は狭き門だったから」

「そうなんだ」その声には残念さが滲んでいるようだった。

彼と春が大学を辞めたとき、僕の心も折れた。彼らと自分の研究は何の関係もない。そんなことは分かっていた。だが、理屈ではなかった。ひどい裏切り行為に打ちのめされ、もう重力のことなどどうでもよくなってしまった。

四年生の夏、就職課に貼ってあった求人票を見て、適当にいくつか受けた。最初に受かったのが今の仕事だ。

四年ぶりの再会だったが、不思議なことに怒りや憎しみの感情は湧いてこなかった。時間が風化させたのだろうか。いや、違う。僕は最初から彼のことを憎んでなどいなかったのだ。今、その事実に気がついた。

「千早ちゃんだっけ？　彼女とは続いているの？」

「いやいや、最初からつきあってないよ」と僕は苦笑し、手を振る。

「そうだったっけ」

「そうだよ。ちゃんと話したじゃないか」

千早は家庭教師先の教え子でしかない。あのとき、早熟な中学生からのアプローチに舞い上がっていたのは事実だが、道を踏み外すような真似はしなかった。あの日以降、一度も連絡を取っていない。

「榊君はどう？　お店は順調？」今度はこちらから聞いてみた。

「実は、店を畳むことにしたんだ。ずっと赤字続きでね」

「えっ？」

予想外の言葉に面食らった。あの店はいつも繁盛していたし、彼の調理技術も確かだった。

「三十年前に親父が作った店だからね、なんだかんだいってもやっぱり親父の顔が必要だったんだよ。僕なんかじゃ駄目だったんだ」

父と子と、少ないアルバイトだけで回していた店だ。初めて訪れたとき、すでに父親はやせ細っていた。肝臓がんだった。すでに調理の大半を榊君に任せていて、父親は常連の相手や経理に専念していた。

「僕が厨房から挨拶に出てくると、お客さんは皆ぎょっとする。こんな人間が調理したと分かったら、おいしかった料理も途端にまずくなっちゃうんだろうね」

「それなら接客は春に全部任せたらいいじゃないか。彼女ならうまくやれる」

「そうはいかないよ。彼女には彼女の夢がある。知っているだろう？」

知っている。春はずっと舞台での成功を目指していた。ただ、離れ離れになった後、僕は店に足を運ばなくなったし、彼女が出演する舞台を観に行くのも止めた。

「……ただ、彼女の夢も終わりになるかもしれない」

「どうして？」

「妊娠したんだ。もう七か月になる」

何度目の驚きだろう。四年という年月の重みを今さらながら思い知る。僕を取り囲む世界は何もかも変わってしまった。

「――おめでとう」ようやくのことでそう声を絞り出した。

「いいや、残念ながら彼女にとってはめでたくないらしい。お腹の大きい妊婦に役は与えられないし、生まれてからもしばらくは育児に専念しなきゃならないだろう。演劇の世界に戻ってくる頃には浦島太郎だよ。いや、戻る場所があるかも分からない。すでに評価が定まった役者ならともかく、彼女はまだまだ下っ端の域から脱していないからね。それでも、ときどきは良い役が回ってくるようになってきていたんだ。端役だけどテレビの仕事も入りつつあったしね。

妊娠が分かったとき、彼女は泣いて悔しがったよ」

　返すべき言葉が見つからない。

「こんな話、聞きたくないだろうけど」と彼は前置きをした。「避妊はしっかりしていた。彼女のためだけじゃない。店には借金も残ってるからね。時間的にも経済的にも子どもを持つ余裕はなかった。それなのに妊娠した。正直言うと、発覚してからしばらくは半信半疑な部分もあったんだ。だって、ありえないんだからね。でも、日々膨らんでいくお腹は厳然たる事実だ。認めるしかない」

「避妊していても妊娠する可能性はゼロじゃないって聞いたことがある」

「堕ろすことも考えた。でも、二人とも踏み切れなかったんだ。情けないよね」

「大変かもしれないけど、この世に新しい命が生まれるのは素晴らしいことだよ」

「君らしい一般論だね」と彼は嫌味を口にし、少しだけ笑った。「でも、望まれない子どもが幸せに育つかな？　悪いけど僕には明るい未来を見通すことができない」

　彼は他人を皮肉るような男じゃなかったし、悲観的な人間でもなかった。重くのしかかる現実が彼を変えてしまったと思うと、悲しくてならなかった。

「僕が父だとすれば、このＤＮＡを受け継いでくるってことだろう。もしかしたら、お面を被った姿で生まれてくるんじゃないかって怖くなってくるんだ。何度も夢で見たよ。そのたびに恐怖で飛び起きるんだ」

「そんなこと――」

「もちろん馬鹿げた妄想だってことは分かっている。別に気が狂ったわけじゃないし、感情的になっているわけでもない。冷静な思考で、こんな血は残すべきじゃなかったって後悔しているんだ。むしろ、春が浮気していて、別の誰かが父親であったほうがまだ愛せるかもしれない」

「彼女はそんな人じゃない」

「光安君と春が隠れてつきあっているとかだったら嬉しい。いや、当てつけなんかじゃないよ。心からそう思うんだ。ずっとずっと考えていたら、だんだん本当にそうなんじゃないかって思えてきた。二人の子どもなら喜んで育てるよ。君は何の責任も負わなくていい」

言葉を失う。こんな卑小な姿は見たくはなかった。呼び出しなど無視すべきだったのだ。

「もう一つ最悪なのは、僕が『歯医者の息子』なんじゃないかって噂されていることだ」彼は呟くようにそう言った。

「そんなわけないだろう」

「もちろん違う。でも、四六時中お面を被った男なんて、疑われても仕方ないのかもしれない。お客の誰かが言い出して、今ではネット上でもずいぶん書かれているみたいだ。一度、二人組の刑事が来ていくつか質問されたよ。アリバイを証明したら納得してすぐに帰ったけど、それを誰かに見られたのか噂はさらに拡大した。壁に落書きされ、夜中にインターフォンが鳴らされる。お店が閑古鳥なのは噂のせいもあるんだ」

返す言葉が見つからない。

「ずっと耐えてきた。でも、もう無理だ。最近じゃどこにいても僕を誹謗する声が聞こえてくる。化け物だとか人殺しだとか。こだまみたいに反響していつまでも繰り返されるんだ。春は幻聴だというけどね」

榊君が話すべき相手は僕じゃない。専門の医者だ。しかし、彼はかまわず続けた。

「お面を外すことができればどれだけ楽だろう。でも、駄目なんだ。一人じゃ怖いんだよ。中学のときから十年以上つけ続けている。もう顔に張りついてしまっていて、無理に引っ張ったら皮膚と肉まで一緒に剝がれてしまいそうな気がするんだ」

大学時代の榊君はいつも多くの友人に囲まれ、常に自分の意見を持ち、マジシャンのような鮮やかさで料理を作った。僕とは正反対だ。お面なんて関係ない。彼には輝かしい将来が約束されている。そう信じて疑わなかった。それがどうだろう。目の前の彼はひどく傷つき、体が一回り縮んでしまったようにさえ見える。

「君のアパートに泊まったときのこと覚えてる？　あの夜、君は寝ている僕のお面を外したんじゃないかい？」

言葉に詰まり、発作的に顔をそらす。

気づかれていたのか。

あのとき、好奇心に負け、ほんのわずかな時間だが彼の素顔を覗きみた。

「責めてるわけじゃない。むしろそうして欲しかったんだ。君の手で呪縛から解放してほしかった。でも、前後不覚になるまでお酒を飲んでいたから、僕はよく覚えていない。もし外したのなら、どうして元に戻したんだい。お面なんてどこか遠くに投げ捨ててくれていたら、何もかもうまくいったかもしれないのに。こんな状況にはならなかったかもしれないのに」

「……よかったらどこか明るいところで話そう。ファミレスでも、君の家でもいい。こんな暗くて寒いところじゃ駄目だ。気持ちまで滅入ってしまって後ろ向きな考えしか浮かばなくなる」僕はそう説得した。

「いや、ここがいい」と彼はすぐさま拒否する。

「でも――」

「何年前になるかな。ここで過ごした時間がすごく楽しかった。本当だよ。君も、春もたくさん笑って、たくさん話して。競馬場もいい思い出だよ。だから、最後に君と会うならここが良かったんだ」

「それなら春も呼ぼう。三人で話そう」

最後、などという単語が出てくることが恐ろしかった。今の彼を宥められるのは彼女しかいない。

「春は家で寝ているよ」

「寝てる？　それなら電話で呼び出せばいい」

「いや、僕は光安君と二人でいたい」

「僕でよければ力になる。だから――」言いかけたこちらの言葉を彼が遮った。

「答えはもう分かっているんだ。自分でお面を剝がすしかないって。素顔になって、どこか別の土地で働く。コックの仕事があれば嬉しいけど、収入になるなら何でもいい。生きていくにはお金が必要だからね。いつまでも赤子みたいに怖がっていたら先に進めない。でも、とても一人ではできそうにない。僕は本当にひ弱で臆病だ。情けないけどね。でも、光安君が一緒ならできそうな気がしたんだ。背中を押してもらいたかったんだ。勝手で悪いけど」

彼はひどい混乱に陥ってはいるものの、迷ってはいなかった。最初からすべてを決めていたのだろう。元から対話する気などなかったのだ。木々の隙間から風が吹き、彼をはやし立てるかのようにひゅうひゅうと鳴った。火が揺らぎ、消えそうになる。

榊君がお面に手をかけた。外す気だ。止めなければ。彼の決断が正しいのかまだ判断できない。あまりに性急すぎる。しかし、僕はどうしようもないほど無力で、効力のある言葉をもたなかった。駄目だ。もう間に合わない。こんな場面なんて見たくない。僕は顔を背け、強く目をつむった。

＊

安物の傘がたわむほど雨が降っている。それでも春に会えると思うと、足取りは自然と軽くなった。彼女はいつも早く来ているらしいので、一時限の開始三十分前に教室に向かった。

薄暗闇の中、一人窓際に立ち外を眺めていている人影があった。

榊君だった。

春じゃない。つい入口で足が止まってしまう。

「おはよう。早いね」彼が振り返った。

「おはよう」僕は落胆を背中に隠す。

「今日はよく降るね。この分だと残ってた桜もいよいよ散っちゃいそうだ。こっちで一緒に見ないかい」

ああ、うん、と曖昧に頷き、歩を進める。

「光安君は左利きなの？」唐突にそう質問された。

「えっ、何で？」

「体の右側が濡れてるからさ。左手で傘を差してたのかなって」

確かに指摘されたとおりだった。お面のあの小さい穴からよく見えるものだ。

探偵みたいだね、と僕が言うと、彼は小さく笑った。

不自然にならず会話できている自分に驚く。先週はあんなにぎこちなかったのに。

「でも、ノートを書くときは右手だったよね、たしか」

「ペンと箸の持ち手だけは、小さいときに矯正されたんだ。親の方針で」

「へえ」と彼は興味深そうに頷く。

僕は黒板の横まで歩き、蛍光灯のスイッチを入れた。彼のお面が明かりに照らされる。

榊君は鼻から上を覆うお面を被っている。3Dプリンターで特注された精巧なもので、顔の起伏に完璧にフィットしている。留めている黒いベルトも髪に隠れ違和感がない。表面には若い男性の顔がプリントされているが、それが誰の顔なのかは知らない。榊君はとても珍しい精神の病にかかっていて、人前で素顔をさらすことができないのだそうだった。医師の診断書もあることから、覆面での受講を特別に許可されている。

二万人近い学生が在籍するこのキャンパスには普通とは異なる者が大勢いる。髪をピンクに染め抜いている女の子、チェスの日本代表、ゲイのカップル、毎週テレビに出演しているお笑いタレント。そんな中でも榊君はひときわ特殊で、学部が異なる僕でも以前からその存在は知っていた。彼の事情も知らず、陰で「オペラ座の怪人」とか「舞踏会」などと揶揄している学生もいる。だが、それを非難することはできない。自分だってこれまでは薄気味が悪い男だと決めつけていたのだ。

ドアが開き、春が入ってきた。「おはよー」と今日も元気がいい。僕たちはほぼ同時に挨拶を返す。彼女の髪はいつも朝日を浴びた小麦のようにつややかだ。

「朝早くから二人で何話してたの？」

「男同士の密談だよ」榊君が軽い調子で返す。

「ええ、何かいやらしい」と彼女は笑った。

話しかけようとすると、彼女が先に口を開いた。

「二人とも、今朝のニュース見た？」

「今度は井の頭公園だってね」と再び榊君。

春と話すときは、言葉を選びすぎて、どうしてもワンテンポ遅れてしまう。無理して会話に加わると、何か愚にもつかない発言をしてしまいそうでためらってしまう。

「怖いね。もう四人目よ」彼女はそう言って眉を寄せる。

「犯行が都心からだんだん西に移ってきている。次はこの辺かもしれない」

「ちょっと。変なこと言わないでよ」彼女が語気を荒げると、榊君は笑ってごめんごめんと謝った。

深夜遅くに帰宅中の若い女性を狙い、背後から近づき左手で口を押さえ、右手のナイフで一気に喉を掻き切る。犯行後、凶行を誇示するかのように現場に手書きのサインを残していく。今年に入ってから『歯医者の息子』によって四人の女性が殺害された。

「井の頭公園って夜もけっこう人がいるよね。どうして捕まらなかったんだろう。目撃者がいないなんて信じられない」

「広い公園だからね。街灯のない小径なんていくらでもあるだろう」

「早く逮捕されればいいのに」

「捕まらないよ」榊君は躊躇なく断言した。「犯人は賢いし、用心深い。きっとわずかでもリスクがあるときは実行していないんだよ。用意も周到だしね。歪んだ欲望をもっていても、理性でコントロールする術を知っている。たいした男だよ」

榊君はどんな表情でそう語っているか、マスクの奥は想像もつかない。

「なんで殺人鬼を褒めるのよ」と春が呆れたようにため息をついた。

「あのさ――」なんとか会話に加わろうと、僕は考えもなく声を出した。

「あれ？　光安君、すごい濡れてるじゃない」不意に彼女がこちらの右半身を指さした。

「あっ、うん。さっきは特に雨が強かったから」

「それでも、もうちょっとうまく傘をさしなさいよ」と笑う。たしかに彼女はほとんど濡れていない。

きっと春は話題を変えたかったのだろう。

「タオル使う？」そう言って、彼女はバッグからハンドタオルを出した。

「大丈夫だよ」

「大丈夫じゃないって。この時期の風邪は長引くのよ」

「なんだかお母さんみたいだ」榊君が茶化す。

「うるさい」と彼女はわざとらしく腕を振りあげた。

ありがとう、とタオルを受け取る際、わずかに指が触れた。

一年生の女の子二人組が入ってきて、榊君たちに挨拶をする。彼はここでもすでに中心人物だ。榊君は知的で冗談もうまく、他人と距離を置くような態度も取らない。同じ科目を履修したことで、初めて彼の人となりを知った。だが、それほど優れた人間がどうしてお面を被らないと生きていけないのだろう。

講師が入ってきて「ドイツ語Ⅰ」が開始される。

第二外国語は、ほとんどの学生は単位を修得しやすい中国語か韓国語を選ぶ。僕も一年生のときは中国語を履修した。だが、すし詰めの教室で行われる、おままごとのような発声練習にげんなりして、三回で出席を止めてしまった。

しかしそうはいっても、第二外国語は教養の選択必修科目だ。単位を取らなければ卒業できない。

悩んだ末、受講者が少ないという「ドイツ語Ⅰ」を選んだ。特段ドイツに興味があったわけではないが、履修して正解だった。初回の教室には自分を含めて九人しかいなかった。講師は熱心だったし、声を揃えて発声する必要もない。

そこで二人と出会った。

「あ、君も二年生なんだ。よかった」

そう言ってほほ笑んだ春を見たとき、数秒間息が止まった。彼女の周りだけほんのりと灯りがともっているように見えた。小さな顔に大きな瞳。肌はルネサンス期の彫刻のように滑らかだ。表情がとても豊かで、喜怒哀楽をはっきり表現する。彼女は女優を志望していて、すでに小劇団で活動しているとのことだった。

「こっちの榊君も二年生なんだって。落ちこぼれの三人で頑張ろうね」と彼女は笑い、彼を紹介してくれた。お面を被った彼を間近にすると緊張で顔が強張ったが、なんとか挨拶を済ませた。彼は商学部で、春は文学部、僕は理学部と皆ばらばらだった。

この一年間で九州の訛りはほぼ取れていたが、気を抜くとたまに出てしまう。春の前で方言を使うのは恥ずかしかったので、顔を合わすときは集中を要した。彼女に認められたい一心でドイツ語の参考書を買い、ラジオの講座で自主的に学習した。近所の床屋から都心の美容室に切り替え、他の大学生を手本に若者らしい服を買いもした。馬鹿げた努力だし、自分らしい行動でもない。だが、そんな労力も案外悪い気はせず、むしろどこか楽しくさえ感じた。無味乾燥だった学生生活が、月曜日の一時限だけは心があちこちに跳ね回る時間へと様変わりした。

実際のところ、二人は「落ちこぼれ」ているわけではなかった。春は舞台の肥しのため、榊君は父親が経営する洋食屋にたびたび外国人観光客が訪れるため、すでに第二外国語の単位を修得しているにも関わらず履修していた。来年はスペイン語を履修する気だという。

会うたびに距離が縮まっていくのを感じる。榊君は聞き上手で、僕や春のたわいもない話を大きく膨らましてくれる。いつの間にか自分もマスクが気にならなくなっていた。人を隔てる障壁など、一見高く映ったとしても、実際に向き合うとたいしたものではないことを知った。春に心惹かれるのと同じくらい、彼の存在も大切だった。

授業だけでなく、空き時間や昼休みに三人で会う回数も増えた。春と二人で榊君の学部に潜り込み、彼が朗々と発表しているのを見学したこともある。榊君と一緒に、春が所属する「猫熊座」の舞台を鑑賞にも行った。六十人程度しか入らない狭い劇場で、与えられているのも脇役だったけれど、演じている姿はいつにも増して輝いていた。

入学してからの一年間、サークルにも入らず、友人を作ることもしなかった。孤独や寂寥感は最初だけで、二か月もしたら一人の生活に慣れた。学食の隅で黙々と食べるのも苦じゃないし、ノートを見せ合う相手がいないことも気にならない。一人のほうが快適だし、気楽で身軽だ。迷惑を顧みず大声ではしゃぐグループはまるで異星人のようにさえ見えた。僕は重力を学ぶために進学したのであって、馴れあうためではない。学内では実験室に入っている時間が最も充実していた。

アルバイトのない夜は大学図書館で借りた専門書を読んで静かに過ごした。おかげで成績は学年上位となり、希望のゼミにも入れた。それが、まさか今になって大学生らしい学生生活が始まるとは思いもしなかった。

もう一人には戻れそうにない。

＊

家庭教師のアルバイトをしている。今は中学二年生の男子二人と、中学三年生の女子一人が受け持ちだ。週に二回、各家庭を訪れ、英語と数学を中心に教えている。

東京に出てきてすぐはコンビニエンスストアや書店などで働いた。だが、バイト仲間との距離感がどこか心地悪く、どの店も長続きしなかった。その点、家庭教師は悪くない仕事だ。たまに本部に出向いて社員と会う必要はあるけれど、業務報告だけで済むし、拘束時間も短い。始めるまでは今どきの中学生とコミュニケーションがうまく図れるか一抹の不安はあったが、思いのほか話は通じた。たまに理解不能な内容もあるが、こちらが素直に「どういう意味？」と尋ねれば、彼らは嬉々として説明してくれる。最近では、別れ際に「サラダバー」と言い合うのが流行っているそうだ。『じゃあね』や『バイバイ』が『さらばだ』になり、『サラダバー』に転じたのだろう。面白いことを考えるものだ。

「あ〜、分かんない」千早がシャープペンシルを放り投げ、お手上げのポーズを取る。

「できた？」部屋の隅で本を読んでいた僕は、立ち上がり、勉強机に近づく。

「できないよ〜。先生、教えてよ」彼女が髪をかき上げると、シャンプーの良い香りが広がった。

「ミニテストなんだから、最後まで解答しなさい。採点した後に、間違えているところを説明するから」

「無理。この第三問が解けないから、もう先に進めない。難しすぎ」駄々を捏ねるように千早が唇を尖らせる。数学が苦手なのだ。

「難しいところは飛ばして、解けるところから先にやらないと」

「嫌よ、そんなの。気持ち悪いじゃない」

三問目は面積算出問題だった。彼女の背後から覗き込むと、襟口の緩いTシャツの隙間から淡いピンクのブラジャーが覗いて見えた。僕は目を逸らし、隣に座る。

彼女の要望どおりミニテストは中止し、できるだけ分かりやすく解き方を伝えた。

「先生、さすがに理系だね。あたし、頭の中が文系だから何回習っても分かんない」

「公立を目指すなら五教科全部できないと厳しいよ。苦手でもある程度の点は取れるようにならないと」

「その分、国語と英語で満点取るからいいもん」と言って軽く肩をぶつけてくる。

くりくりとした瞳は夜の猫のようで、あっけらかんとした明るい性格は、どこか春を連想させた。ショートパンツからすらりと伸びている足は、思わず見入ってしまうほど健康的に美しい。

室内にぬいぐるみの類はないし、少女漫画もなければアイドルのポスターも貼っていない。

とてもシンプルだ。でも、カーテンやベッドのカバーはパステル調で、ちゃんと「女の子の部屋」になっている。

視点を変えて、もう一度同じ箇所を解説する。しかし、彼女は問題用紙ではなく、こちらをじっと見つめていた。どきりとし、心拍数が早まる。

「どうした？」平静を装う。

「ね、息抜きしようよ。散歩に行かない？」

「あと一時間しかないから、外なんか行ってたら時間なくなっちゃうよ」

「集中力がないまま勉強するほうがよっぽど無駄だもん。五分でいいから歩こうよ」

「夜、外に出るのはあんまり勧められないな。どこに『歯医者の息子』が潜んでいるとも限らない」

「だから先生と行くんじゃない」

僕はため息をつく。彼女に口で勝つことはできそうにない。生徒と接するときは、精いっぱい大人を演じているものの、千早にはすべてを見抜かれているのかもしれない。

「じゃあ、代わりに課題を出すから僕が帰った後、必ず解いておくんだよ」

「は〜い」と彼女は調子よく返事をし、勢いよく立ち上がる。

二人で階段を降り、リビングでテレビを見ている母親に少し散歩に出る旨を伝えた。母親は咎めることもなく、いってらっしゃい、と送り出してくれた。

外に出ると、彼女は手をつないできた。良くないことだと理解してはいたが、それを振り払うことはできなかった。ときおり彼女の胸が腕にあたる。硬いジーンズを履いてきてよかった。

住宅街にもかかわらず不思議なほど人影がない。まるで世界中から人類が消え去ってしまったかのようだ。誰もいないね、と彼女が嬉しそうに声を出す。僕たちは目的地を定めずブラブラと歩いた。

「先生は大学で重力の研究をしてるんだよね」

「そうだよ」

「いつ頃進路を決めたの？」

「高校一年のときから今の大学を狙ってたよ。面白い研究をしていて、この分野で有名な教授がいるんだ」

「ふうん。でも、どうして重力なの？　ニュートンに憧れてるとか？」

「違うよ」と僕は苦笑する。

「じゃあ、なんで？」

「光はカーテンを閉めれば遮れるだろう。音は壁を一つ隔てるか、音源から距離をおけばいい。放射能でさえ防ぐ手立てはある。でも、重力だけは地球上のどこにいてもほぼ等しく働きかける。不思議だろう。部屋の中に隠れても、どこか遠くに逃げても。何者に対しても平等なんだ。重力から解放されたいなら宇宙空間にまで行かなくちゃいけない。いや、正確にいうと宇宙空間にもそれは存在していて、宇宙の膨張速度を決めているのも実は重力なんだ。だから、重力の謎が解ければ宇宙の真理も明らかになるかもしれない。壮大だし、ロマンもある。どう、面白いと思わないかい？」

「……あたしにはよく分かんない」今度は彼女が苦笑いを浮かべた。

「中学のときに興味をもったんだ。図書館の本を読んでね」

「あたし、まだ何にも考えてないな」

「重力は一定ではあるけど、普遍じゃない。大学で研究していて、そんなことも知った。さっき話したことと少し矛盾するけどね。エポジック・アノマリーっていって、ある条件の下では局地的に重力が変動することがある。ごく稀にだけどね。本当に奥が深い世界なんだ」

「研究って、なんかカッコいいね」

僕は笑ってごまかした。胸の内は、話した内容ほど明るくない。大学で実際にやっていることは地味な数値シミュレーションの繰り返しで、まったく面白みのない内容だ。エポジック・アノマリーのことも自主的に読んだ論文で知った。大学院に進学すればもう少し高度な研究をさせてもらえるかもしれないが、今のままでは画期的な発見など何一つできないだろう。寿司屋や大工などの徒弟制と同じで、年数を踏んで教授に認められなければ、本当にやりたい研究に取り組むことさえ許されない組織なのだ。

「大学って、恋愛したり、アルバイトしたり、ドライブしたり、楽しく過ごすイメージしかなかった。お父さんはいつも『大学時代は楽しかった』って言っているし。先生は勉強ばっかりしてるの？」

「そんなことないよ」

「本当に？」

「本当だよ」

「なんか先生って友達少なそう」と千早が笑う。

「失礼な。ちゃんといるよ」

「え〜、ウソだぁ」

「嘘じゃない。今週末、みんなで集まってバーベキューをするんだ」

「えー、いいなぁ。わたしも連れていってよ」

「駄目だよ。仲間内の集まりなんだから」

「いいじゃん。『彼女をつれてきました』って言えば認めてくれるよ」

僕は聞こえない振りをする。

「ケチ」彼女はつないでいた手を邪険に振り払った。

千早はむくれたような表情を浮かべる。何かフォローの言葉をかけなければならない。

「あーあ、あたしも早く大学生になりたいな」そう言うと、突然ぎゅっと抱きついてきた。

僕は体を強張らせた。

「……じゃあバーベキューは諦めるから、代わりに今度デートしてよ。大人がするような素敵なやつ」呟くような小さな声で彼女はそう言った。僕は二度頷いた。

十五秒ほどそのままだっただろうか。遠くから足音が聞こえてくると、彼女は素早く身を離した。照れたように笑みを浮かべる。何か言うべきなのだろうが、適切な言葉が思い浮かばなかった。

千早は楽しそうに鼻歌を口ずさみ、スキップしながら先を進む。道路灯に照らされる彼女は童話の世界のお姫様のようだった。彼女は振り返ると、約束したからねー、と弾む声をあげた。

*

二人と待ち合わせ、買い物を済ませてからバーベキュー場に向かう。空には巨大な入道雲が浮かんでいた。夏が近づいているのだ。

コンロや炭などのセットはすべて施設に揃っているので、荷物は思いのほか少なかった。榊君は父親の車を借りてもいいと申し出たけれど、春が強く反対した。「そんなことしたら三人でお酒飲めなくなっちゃうじゃない」と。彼女は襟つきの白いワンピースにツバの広い帽子を被っていて、キャンパス内とは少し雰囲気が違った。

両手にビニール袋を提げて歩く。とても広い総合公園だ。大学からわずかバス三停分の距離にあるので、これまで自転車で近くを通ったことはあったものの、中に入ったのは初めてだった。近隣では「森林公園」の愛称で呼ばれているだけあって、木々がとても多い。バーベキュー場もクヌギやイチョウといった大小の木が植えられていて、まるで森の中にいるようだ。日差しが遮られ、とても過ごしやすい。

使用料を払い、予約していたスペースに荷物を下ろす。等間隔に三十台ほど並ぶコンロはすべて埋まっていた。どこからも煙がもうもうとあがっている。家族連れや会社の集まり、大学のサークルらしき団体もいる。たった三人で来ているのは僕らだけだった。皆、楽しそうに肉を焼き、アルコールを飲んでいる。『歯医者の息子』は夜しか現れないので、この時間帯は心配無用だ。

「さて、まずは火を起こそう」榊君がそう声をあげる。ここでも彼はリーダー役だ。

手順が分からずまごついていると、春が軍手をはめ、段ボールから炭を取り出し始めた。

「光安君、もしかして初めて？」

一瞬躊躇したが、素直に認めることにした。見栄を張って後で恥をかきたくはない。頷くと、そんな気がした、と二人が笑った。

「こんな感じに隙間を作りながら炭を積んでいって、間に着火剤を置くの。ほら、やってみて」

「分かった」自信はなかったが、やってみるしかない。

おっかなびっくり炭を並べていった。彼女が、うまいうまい、と褒めてくれる。丸めた新聞紙を渡され、火をつける。

「着火剤に火が移るよう、もう少し近づけて。……そうそう。じゃあ、次はうちわで風を送って。でも、最初は弱くよ。強くあおぐと火が消えちゃうから」

春が詳しいことに驚いた。

「なんでこんなこと知ってるの？」

「小学校の頃、林間学校とかでやったでしょ。バーベキューとかキャンプファイヤーとか。あと、テントを組み立てたり」

記憶にない。一泊二日で「自然の家」みたいなところに行ったことはあるが、何をしただろう。

「それに、友達同士でもバーベキューくらい行くじゃない」と言った後、彼女は、あっ、と短く声をあげた。

「何？」

「ごめんなさい。あなたはそういうのとは縁遠い、暗い青春を送ったんだったね」

「おい、あんまり光安君を茶化すなよ」食材の準備をしていた榊君が口を挟み、二人が笑う。冗談の種にされている。

野菜を洗ってくるよ、と言い榊君は水場に歩いていった。

「ああ、ほらほら、手を休めちゃ駄目」と春がうちわを指さす。

「ちょっと疲れてきた。火が熱いし」

「大切な仕事なんだから頑張ってよ。私は代わらないからね。お化粧が落ちちゃうから」

「化粧してるんだ」

「当たり前でしょ」

「そんな感じしないけど」

確かに間近で見ると口紅だけでなく、きちんと眉も描いている。うっすらとチークも入っているようだった。

「そんなマジマジ見ないでよ。どきどきするじゃない」

「ごめん」そう言った僕も胸を押さえた。そんな様子を見て彼女は白い歯を見せる。

「光安君って本当にナイーブね。今どき中学生でもメイクくらいするわよ」

「そうかな」

「そうよ」

中学生と言われ、すぐに千早の顔が浮かんだ。彼女は化粧なんてしていない。いや、どうだっただろう。自分が分かっていないだけかもしれない。僕はいろいろなことを知らなすぎる。

榊君が戻ってくると、三人で乾杯をした。「素敵な一日に」と春が発声し、缶ビールをぶつけ合う。僕の力が強すぎて、反動で少しこぼれた。彼女がきゃっ、と短く悲鳴をあげる。あやうくワンピースにかかってしまうところだった。謝る僕。笑う榊君。

炭が赤くなってきたところで網を置いた。カットした野菜や肉を榊君が並べていく。さすがに手際がいい。僕が隣の団体に興味がないように、彼らもこちらに関心を払わない。きっと榊君のお面に気づいている者は一人もいないだろう。

肉を頬張ると、うま味が口の中に広がった。僕は思わず固まる。

「どうしたの？　まだ生焼けだった？」春が心配して聞いてくる。

「――おいしい」僕がそう言うと、二人が同時に破顔した。なによー、と春が僕の肩を叩く。別に面白いことを言ったつもりはない。心からの感想だ。こんなにおいしい肉を食べたのは生まれて初めてだ。そう伝えてもまともに取り合ってもらえない。たくさんあるからね、と言って榊君が次々に並べていく。

食べながら、大学やそれぞれの子ども時代のことを話す。ビールはすでに一ダースなくなった。榊君も春もペースが早い。僕はまだ三本目だったが、すでに頭がくらくらしていた。たまに一人で飲むことがあるが、せいぜい一、二本だ。

二人が研究のことを聞きたがったので、重力について話した。退屈にならないよう触りだけ説明するつもりが、うまく引き出されいつの間にか持論まで語っていた。千早に話した内容の続きだ。

「重力ってさ、世の中の人が考えているよりずっと不確かなものなんだ。地中深くでマグマが動いたり巨大な地震が起きると、わずかだけど変化することがある。まだ観測方法は確立されてはいないけど、エポジック・アノマリーっていって、珍しいけどあり得ない現象ではないんだ。恐竜がいた頃は今と全然違っていたなんて俗説もあるしね。いつか鳥が飛べなくなるほど急に重力が重くなったり、体が浮き上がるくらい軽くなる日が来るかもしれない。僕はそれをもっと追求したい。教授は偶然を待つような研究なんて無意味だって言うけど」

「じゃあ、重力って運命みたいなものなのね」

「えっ？」意味が分からず聞き返す。

「運命って、分岐のたびにアラームが鳴って『次は右ですよ』、『この人が結婚相手ですよ』とか教えてくれるわけじゃないでしょ。だから、どこで変化するかなんてほとんど誰にも分からないのよ。今、この瞬間も劇的な変化が起きてるかもしれない。でもね、注意深く真剣に耳を澄まし続けている人だけには微かに聞こえるの。胸を震わすような、変化を知らせる兆候が」

「春は詩人だね」と榊君が笑った。

次に榊君の創作メニューに移った。彼の店にはもう何度も遊びに行っている。レシピ開発の練習だから、と彼が言い、タダで食べさせてもらうことも少なくない。彼の料理は、とても同じ年齢の人間が作っているとは思えないほどの味だ。

アルバイトの話題になったとき、酔った勢いで、千早に抱きつかれたことを明かした。彼女の存在は前から話している。

「え～、犯罪犯罪。おまわりさ～ん、ここにロリコンがいますよぉ」春が周囲に聞こえるように大きな声を出す。

「そんなんじゃないって」僕は慌てて打ち消す。

「でも本当に、その子は光安君のことが好きなんだろうね。きっと愛情表現がストレートなんだよ」榊君までそんなことを言いだした。

「違うって。彼女はたぶんお兄さん的な何かを求めてるんだよ」

「それは違うと思うな。私、お兄ちゃんいるけど、抱きついたこととかないし」春も敵に回る。こんなこと話すべきじゃなかった。

「でも――」

「だけど、中学生の女子って多感な年頃だから、気をつけたほうがいいかもね。一時の劣情に負けて深入りしたら、あとで責任問題になるかもしれないし。でもまあ、光安君が真剣なら僕は応援するよ」と榊君。

「本気とかじゃない」僕は否定する。

「そんな！　彼女とは遊びなの！」春がわざとらしく口に手を当てる。もう収拾がつきそうにない。

　この話を持ち出せば、春が少しは嫉妬してくれるかと期待していた。だが残念ながら、そんな素振りは見受けられなかった。いや、嫉妬させて何になるというのだ。

一時間が経ち、さすがに三人とも箸が動かなくなってきた。

春の活動に話題が移る。新作では多くの台詞がある役が貰えるらしい。舞台の話をするときは本当に活き活きとする。彼女は就職する気はないそうだ。卒業後も、アルバイトを続けながら夢を追い続けるという。榊君は店を継ぐので、当然就職活動は行わない。そして、僕は大学院に進むつもりだ。

「社会に貢献しない三人」と春が笑う。

「おいおい、君たちと一緒にしないでほしいな。おいしい料理を提供するのは立派な社会貢献活動だよ」榊君も冗談を口にした。

進学に関し、正直なところ迷いはあった。もちろん研究は続けたい。だが、大学院に進んでも、教授の小間使いに相当の時間を取られるのだろう。研究者を志す者は誰もが通る道なのかもしれない。それでも納得はできない。それに、先月、教授に否定されて以来、自らの研究内容に自信がもてなくなってきてもいた。平凡な自分なんかが世界的な発見を行えるはずがない。興味だけでは将来食べていけない。

「どうしたんだい？　急に暗い顔をして」

「いや、お金持ちになりたいな、と思って」と僕は答える。

「脈絡なさすぎ！」と春がケラケラ笑う。ずいぶん頬が紅潮している。

「よし、じゃあ大金を稼ぎに行こうか」榊君がそう提案してきた。

「え？」

「ここを片付けて、みんなで競馬場に行こう。一攫千金だ」

たしかにすぐ近くに競馬場はあるものの、僕はルールすら知らない。だが、酔った春まで、行こう行こう、と乗ってきた。

すでにゴミはあらかた分別され、まとめられていた。榊君が火消し壺に炭を入れる。アルコールが回っていても、行動は少しも乱れない。どうやったら彼のように段取りよく立ち回ることができるのだろう。感心を通り越して羨望を覚える。

手ぶらになった体で競馬場まで歩く。私たちきっとものすごく肉臭いはずよ、と言って春がわざと通行人に近寄ったりする。彼女が楽しくしていると、こちらまで嬉しくなってくる。火照った顔に風が心地いい。春のスカートがふわりと揺れた。公園を抜け、行進するように三人で大通りを歩いた。春が何か流行りの歌を口ずさみ始めた。榊君はこちらを見ると、やれやれといったふうに肩をすくめた。

入場ゲートをくぐり、中に入る。途端にどこからか動物臭が漂ってくる。モニターに映し出される出走馬の情報を、大勢の人間が真剣な表情で見つめていた。長い通路を抜けるとレース場に出た。空が広がる。驚いた。とても広い。野球場やサッカー場の何倍もの規模だ。相当な数の観客がいるものの、まだまだ余裕がある。いったい何万人入るのだろう。

「わあ、芝生になってる！」春が歓声をあげ、駆けていく。

「転ばないようにね」榊君が後ろから声をかけた。

コースの周りは芝生造りで、シートを引いて弁当を食べている家族もいた。平和で牧歌的な光景だ。赤ら顔の中年や浮浪者めいた者ばかりだという勝手なイメージとは大きく異なっていた。とても清潔で、とても穏やかだ。

春がスマートフォンで馬券の買い方を調べた。

「まずはパドックってところに行って、お気に入りの馬を見つけるのがいいらしいよ。ほら、あっち。一回ここから出るみたい」春は両手で僕たちの手を引っ張っていく。まるで初めて遊園地に来た子どものようだ。

彼女が一方的に馬を決め、榊君と僕が馬券代を払った。ゼッケン七番の栗毛だ。当たったら山分けというルールがその場で設けられた。

春が観客の間をするすると抜け、最前列まで進む。見失わないように慌ててついていく。騎手が乗った馬がコースに入ってきた。観客の拍手。場内の観客がどんどん増えていき、満員電車さながらに肩や背中を押される。興奮した馬がいななき、騎手が首辺りをさすってなだめている。

ファンファーレが鳴り、地鳴りのように観客のボルテージが一気にあがる。大きな音を立ててゲートが開き、馬たちが一斉に駆けだした。つんざく歓声。周囲のさまざまな声が入り混じる。いけー、と春が叫んだ。馬たちは一つの塊になって疾走する。ものすごいスピードだ。僕は躍動する筋肉の美しさに見とれた。コーナーを回り、我々の前に近づいてくる。七番が先頭だった。力強い地響きを感じる。栗毛が太陽に照らされ輝いている。いつも冷静な榊君まで大声を出していた。

レース後、春が「気分が悪い」と言い出し、女子トイレにこもってしまった。あれだけ飲んで騒いだのだ。調子が悪くなっても不思議じゃない。残念ながら七番は最後に失速し、四着に終わった。僕と榊君は、次のレースこそは、と意気込んでいたけれど、それどころではなくなった。

大勢が行き来するエントランスで、春が出てくるのを待つ。五分おきにＬＩＮＥを送っているが、返事がない。

「大丈夫かな？」

「既読がついてるから心配ないとは思うけど、女子トイレに入るわけにもいかないしね。僕が女性のお面を持ってたらよかったんだけど」

「冗談いってる状況じゃないよ」

「そうだね、ごめん」と彼が頭を下げる。彼もまた酔っているのだ。

「係の人を呼ぼうか」

「彼女も大げさにはしたくないだろうけど。……でも、そうだね。もう一回だけ連絡して応答がなかったら呼ぶことにしよう」

そう打ち合わせていると、タイミングよく春が出てきた。顔色が悪く、足取りも重い。

「大丈夫？」僕は駆け寄り、そう聞いた。

「……うん、ごめんね。もう平気」そう答えながら、帽子で表情を隠そうとする。

「帰ろうか。外でタクシーを拾おう」榊君が後ろから声をかけてきた。彼女が頷く。

春は僕の肩に手を置いて歩いた。小さな声で繰り返し謝ってくる。涙ぐんでいる様子で、振り返ることができない。正面を向いたまま、僕たちは気にしてないよ、と言った。

「今日はすごく楽しかった。春だってそうだろう？　乾杯のときに春が言ったように本当に素敵な一日になった。今日のことはずっとずっと記憶に残ると思う。だから謝る必要なんて何もないんだ」榊君もそう援護した。

背後から春の嗚咽が漏れてくる。肩に置かれた手が震えていた。

「でもまあ、次からお酒はほどほどにしようか」と言って榊君が笑う。僕も、そうだね、と合わせ、無理にでも笑った。

＊

千早に何度もデートをせっつかれ、苦し紛れに「学年十位以内に入ったら」という条件を設けた。彼女がそれをクリアしてしまったので、いよいよ断ることができなくなった。

親には絶対内緒にすることを約束させたうえで、夏休みの初日にデートを行うことにした。問題はいくつかあったが、一番は「大人がするようなデート」というものを僕自身がしたことがないことだった。

プラン作りにはずいぶん頭を悩ませた。どこに行きたいか直接聞いてみたが、「先生に任せる」とあしらわれた。雑誌などで調べ、何度も計画を立てては消した。最終的に、レンタカーを借りてドライブし、品の良いフランス料理店で食事を取ることにした。奇抜なプランより定番の方が失敗が少ないという判断だ。だが、彼女が喜んでくれるかは分からない。

当日は、五駅ほど離れたショッピングモールで待ち合わせをした。この日のためにサマージャケットを買い、革靴も新調した。ずいぶんな出費だ。運転が下手だとがっかりさせるだろうから、デートの三日前に一度レンタルし、予定のコースを試走した。

当日。

モール内のベンチに座る千早を見てドキリとした。白いワンピースにツバの広い帽子だったのだ。この前の春によく似ている。偶然だろうが、動揺せずにはいられなかった。幸い、彼女はまだこちらに気づいていなかったので、隠れて何度か深呼吸をする。

「あ、先生」

近づくと、千早が立ち上がり顔一面に広がるような笑顔を見せた。もし同級生だったら一瞬で恋に落ちるだろう。いや、大学生とだって不釣り合いじゃないかもしれない。口紅をひいているようで、いつもより大人びて見える。

「待たせたね」

「でも、遅刻じゃないよ。セーフ」

「じゃあ、行こうか」

「うん」と言って彼女は腕を組んできた。中学校から離れているとはいえ、それなりに大きなショッピングモールだ。彼女のクラスメイトがいないとも限らない。それに、春が居合わせる可能性だってゼロではない。腕を抜こうとしたが、彼女は力を込めて離してくれなかった。

車に乗り込み、出発する。BGMは普段聴きもしないジャズのCDだ。千早は子犬のように車内をきょろきょろと検分する。

「車、カッコいいね」

「レンタカーだよ」

「それでもカッコいい」と彼女は笑う。

「今日のこと、両親には話してないよね？」僕は話を変えた。

「うん。でも、なんとなく察してたみたいだったけど」

「えっ？」

「もちろん先生が相手とまでは分からないだろうけど、あたし朝からテンション高かったみたいだから。服装もこんな感じだしね。うちのお母さんはそこまで鈍感じゃないよ」

思わずむせてしまった。やはり軽率な行動だったのかもしれない。だが、今さら中止するわけにもいかない。彼女は今日をずっと楽しみにしていたのだ。苦手な数学だってずいぶん頑張った。

狭い道路や渋滞を避けつつ海ほたるを目指す。コンビニエンスストアや携帯電話の販売店など、地元の見知った風景が背後に流れていく。ドライブ中、彼女はいろいろと話しかけてきた。猫を飼いたいけど父親が許してくれないとか、高校では軽音楽部に入りたいとか。だが正直なところ、半分以上は聞き流していた。慣れない運転で手の汗がひどい。

一時間ほど走ると、大きな河口が見えてきた。彼女がウィンドウを開ける。

「先生、海の匂いがする！」と言って喜ぶ。たしかに潮の香りが車内まで届いている。川面が反射し、きらきらと光っている。彼女の細い二の腕も太陽光を浴びて美しく輝いていた。

東京湾アクアラインに入り、長い長い地下トンネルを走る。なんだか秘密基地みたい、と彼女が嬉しそうに話す。来るのは初めてだという。僕も先日の下見が初回だったが、そのことには触れなかった。

トンネルを抜けると一気に視界が広がり、唐突な眩しさに一瞬目がくらむ。

「わあ、すごい」と彼女が歓声をあげた。

要塞のような施設が海の上に浮かんでいる。観光バスやドライブの車で混み合っていた。ひとまず無事に目的地に着けたことに安堵する。

車を停め、展望台にあがった。彼女は楽しそうにぴょんぴょん跳ねている。横に並んで景色を眺め、買いもしないのに土産物屋を冷やかし、時間をかけて施設内をぐるりと一周した。無邪気にはしゃぐ姿は普通の中学生らしく映った。

Uターンをし、次は川崎の外れにあるフランス料理店を目指す。時間配分は驚くほど予定どおりだった。

店内はシックな内装で、他の客は見渡す限り全員年上だった。給仕係は蝶ネクタイにしわ一つないベストを着ていて、ごく自然な振る舞いで千早の椅子を引いた。ここは特に背伸びが必要そうだ、と気を引き締める。彼女も少し緊張している様子だ。

前菜からメイン、デザートまですべてが素晴らしかった。見た目や香りまで工夫されていて、新しい皿が運ばれてくるたびに、千早は両手で口を押えた。そんな僕たちを見て、給仕係がにっこりとほほ笑む。

「お腹いっぱい。食べすぎたから、明日からダイエットしないと」と彼女が笑う。

「痩せる必要はなさそうけど」

「女の子にそんなこと言ったら駄目なのよ。甘やかしたらそっちに流れちゃうんだから」

「そんなものなのかな」

「そうよ。先生は重力以外のことを知らなすぎなのよ」

そのとおりかもしれない。僕は反論しなかった。

一瞬の沈黙。先に口を開いたのは千早だった。

「……ねえ、先生、今、彼女いないんでしょ」コーヒーカップに視線を落とし、千早がそう聞いてきた。

「それについては前も答えたと思うけど」

「あの後できたかもしれないじゃない」

「――いないよ」

「じゃあ、好きな人はいるの?」

僕はコーヒーに口をつけ、返事をしなかった。

「ノーコメントっていうのは、『います』って言ってるのと同じだよ」千早が顔を上げ、不満そうに顔をしかめる。

「そんなつもりじゃないよ」

「じゃあ、いないの?」千早が語気を強める。隣のテーブルに座る男女がこちらを見た。

「ここじゃちょっと。続きは車の中で話そうか」

「もういい」と言って彼女は飲みかけのカップを乱暴に置き、立ち上がった。

帰り道、千早は外ばかり眺め、一言も口をきかなかった。せっかく楽しい一日だったのに突然険悪になってしまった。自分には好きな人がいる。そして、それは千早ではない。きちんとそう伝えるべきだったのだろうか。しかし、そのほうがよりひどい状況を引き起こしていたかもしれない。

千早はこれからもっと美しく成長するだろう。体つきも大人のものになり、考え方も成熟する。きっと周囲が放っておかない女性になるはずだ。それに比べ自分はどうだ。異性の扱いも知らず、年下の女の子を残酷に傷つけている。彼女に見合うような男ではないのだ。いや、それが言い訳なのは自分が一番よく分かっている。

家の数百メートル手前で車を停めた。彼女は短く、ありがと、と言って降り、駆けていった。僕はハンドルに頭をもたげ大きくため息をついた。

＊

八月末、榊君から電話があった。

「東京に戻ってきているなら、遊びに行ってもいいかな？」

迷わず快諾した。どうせなら、ということで僕のアパートに泊まることになった。

彼が来るまでに部屋を掃除し、空気を入れ替えた。節約のため、普段はあまり使うことのないエアコンの電源を入れる。狭い木造のアパートで、これまで友人を招いたことは一度もなかった。なんとなく気恥ずかしかったので、猫熊座関連のポスターやパンフレットは隠しておいた。

夕方になり、榊君がやってきた。ずいぶん食材を買い込んでいる。

「やあ、急にごめん。なんだか光安君と会いたくなってさ」そう言って彼は笑う。

夏の終わりとはいえ、まだ気温は三十度を超える。彼は額と髪の生え際の間をハンカチで拭いている。お面の下は汗でびっしょりだろう。

「大荷物だね」

「一晩お世話になるから、簡単だけど手料理を振る舞うよ。ビールもたくさん買ってきた」

部屋に上がると、冷蔵庫を借りるよ、と言って食材を収め始めた。

「このジャムは賞味期限が切れているね。ああ、こっちの牛乳もそうだ。野菜もないし、君はもう少しまともな食生活を心掛けたほうがいいね」

「いい奥さんになりそうだ」と僕が言うと、

「光安君が冗談だなんて珍しいな」と笑った。

榊君と会うのは一か月ぶりだ。彼は店の手伝いで忙しかったし、春は舞台稽古とアルバイト漬けの毎日だ。彼らには「実家に帰る」などと話していたが、実際には戻らず、ずっとアパートにこもっていた。

「お腹すいてるかい」

「かなり」と僕は頷く。朝に食パンを食べたきりだ。

家庭教師の仕事がない日は、ほとんど外出せず、重力に関する原著論文を読み漁っていた。

得意でない英文を必死で読み解いている間だけは、千早との一件を忘れられた。

「パッと作っちゃうから、テレビでも見ておいてよ」

そう言うと彼は手を洗い、引っ越してきたときに買った百円ショップの包丁で牛肉を切り始めた。白菜をさっと水で洗いザルに置く。鍋で湯を沸かす。卵を割り、箸でかき混ぜる。小分けにして持参した薄力粉と強力粉を混ぜ、水で捏ねる。白菜をみじん切りにし、ひき肉と合わせる。何品かを同時に作っているようだが、いったい何ができあがるのか想像もつかなかった。少ない道具を使い分け、狭いキッチンで調理が進んでいく。テレビなんかを見ているよりよほど面白い。

「何か手伝おうか」と声をかけると、

「こっちは大丈夫。そこのちゃぶ台に並べるから、鍋敷きだけ出しておいて。ないなら、本か何かでもかまわない。ビールでも飲んで待っててよ」と背を向けたまま答えられた。

さすがに先に飲むわけにもいかない。躊躇していると、飲まないなら先にもらうよ、と言って彼は冷蔵庫から取り出しプルトップを開けた。飲みながら作るらしい。こちらにも一本放ってきた。

出来上がったのは水餃子、チンジャオロース、卵スープだった。あとで海鮮焼きそばも作るからね、と彼は言った。すでに調理器具はすべて洗われていて、焼きそばの具材もカットされている。

「すごい」こんな粗末なキッチンで、これほどの料理ができるなんて。

「さあ、食べよう。乾杯は、もういいか」と榊君が笑った。

チンジャオロースを一口食べる。

「おいしい」そんな月並みな言葉しか出てこなかった。語彙力があれば、この感動をもっと適切に伝えられるのに。

「おそまつさまです」と彼はなおも笑う。

水餃子の皮は肉厚で、たっぷりとスープを吸い込んでいる。白菜はあえて荒く切り触感が残るようにしているという。

「料理ができる男はもてるらしいね」と僕が言うと、

「これでお面を被ってなければ文句ないんだろうけどね」と軽い調子で自虐を口にする。

「これだけおいしかったらお店でも出せるんじゃない」

「おいおい、うちは洋食屋だよ」

「本職じゃなくてもここまで作れるものなんだ」

「まあ、手の込んだものじゃなければ一通りはね」

僕の目にはこれらの料理もずいぶん手が込んでいるように見える。

ビールを飲みながら研究の話をした。予測も根拠もなく、がらりと世界が一転するようなことだってあるのではないか。重力にはそんな可能性が秘められている。今は強くそう感じているし、先進的な論文のいくつかはその可能性を示唆してもいる。だが、教授はいつも否定しかしない。予測も根拠も成り立たない事象を明らかにするのが真の研究ではないか。今の研究室にいては何の発見も得られないのかもしれない。

　こんな話、専門外の人間が聞かされても面白くないことは分かっている。それでも吐露せずにはいられなかった。ずっと引きこもっていたせいかもしれない。喋り終えた後、つまらないよね、ごめん、と謝った。

「君にも迷いがあることが分かって、少し安心したよ」と彼は口を開いた。

「えっ、自分はいつも迷いだらけだよ」

「そうは見えないよ」

「そうかな」と僕は首を傾げた。

　僕という人間は、彼からどういうふうに映っているのだろう。

　アルコールが進んだところで千早のことを聞かれた。迷ったけれど、先日の顛末を話すことにした。ところどころ言い淀んだりつっかえたりしたが、彼は口を挟まずに聞いてくれた。あの日以来、体調不良を理由に訪問をキャンセルされ続けている。契約を解除されるのも時間の問題だろう。

「光安君は、その千早ちゃんとつきあう気はないのかい？」

「相手は中学生だよ。春だって『犯罪だ』なんて言ってたじゃないか」

「あれは冗談だろう。年齢は関係ないよ。デートまでしたなら、もう身の振り方をはっきりしないと。中途半端が一番残酷だと思うよ」

「中途半端って――」

「彼女が好意を持っているのは明らかなんだろう。前、光安君が言ったように、お兄さん的なものを求める気持ちと恋愛感情を勘違いしている可能性はたしかにある。相手が思っていたほど大人じゃないことに気づき、すぐに幻滅されるかもしれない。でも、それがなんだっていうんだ。そんなこと、つきあってみないと分からないじゃないか」

「彼女は教え子だよ」僕は言い訳を重ねる。

「つきあう気なら、会社に申し出て別の人に交代してもらえばいい。家庭教師を辞めたっていい。アルバイトなんて他に何でもあるよ。それがどうしても嫌だっていうなら、家庭教師の契約が終わってから正式に交際すればいい」

「……なんだか無理にでも僕らをくっつけたいみたいだ」

僕がそう言うと、彼は不意に黙り込んでしまった。

無言が続く。彼は飲み終わった缶ビールを片手で握り潰し、次の缶を手にした。室内が重苦しい雰囲気に包まれる。

何か間違ったことを口にしただろうか。こんなときは彼のお面が恨めしく感じられた。表情を読み取ることができない。

　こんな話はすべきじゃなかった。話題を変えよう。重力の話に戻ってもいい。口を開こうとした瞬間、榊君が先に言葉を発した。

「あのさ」

「何？」

「──春と僕はつきあってる」

「えっ？」

「五月の終わりに彼女から告白されたんだ。こんないびつな人間に愛情を差し向けてくれるなんて正直驚いたし、戸惑いもした。でも、悩みはしなかった。僕も彼女のことが好きだったんだから。いや、本当はこちらから想いを告げるべきだったんだろう。自分はこんな病気を抱えているから、一生ひとりで生きていくものと諦めていた。父親にさえ真の意味では理解されていないんだからね。見えないところで陰口をたたかれ、蔑まれながら暮らしていくのが当たり前だと思ってたんだ。でも、彼女が扉を開けてくれた」

「……」

「光安君の、春に対する気持ちは知っている。僕も彼女も。だから、いつかは打ち明けなきゃって話しあっていたんだ。告白された瞬間から君のことは頭に浮かんでいたし、三人の関係についても考えた。僕にとって大切なトライアングルになっていたから。でも、自分の心を否定したくはなかった」

「……榊君は不完全な人間なんかじゃない」

吐き出したい言葉とまったく異なるものが発せられる。

「いや、欠陥だらけだよ。今だってこうやってお酒の力を借りないと話ができないくらいだしね。みっともないし、情けない男だよ」と彼は自嘲気味に笑う。

榊君が欠陥だらけだというのなら、いったい自分はどうなるというのだ。彼が卑屈になるほど、自分はさらに貶められる。

バーベキューのときはすでに交際が始まっていたことになる。僕は騙され続けてきたのだろうか。いや、違う。彼らとの関係が虚構でなかったことは分かる。あのとき僕らが共有していた親密さ、空気、愉快な気持ち。それらは偽りではなかった。そう信じたい。

「あと、もう一つ報告がある」

「もういいよ」

これ以上聞きたくない。他に何があるというのだ。

「ごめん。伝えさせてほしい」

「……なんだい?」

「実は大学を辞めることにしたんだ」

「えっ」再び驚く。

「父親の病気が思わしくなくてね。このまま続けていくのは無理そうなんだ。僕の卒業まで店を閉めることも考えたけど、そんなことをしたら客は離れてしまう。商売っていうのは継続性が大切なんだよ。母が亡くなったときも二日しか閉めなかったらしいし。父親がこれまで築いてきた信用を失いたくない。それに、父と意思疎通が取れるうちに継いでおかないとノウハウを吸収することもできなくなるしね。大学を卒業できないのは残念だけど、優先順位ははっきりしている」

「……そうなんだ」

続ける言葉が見つからない。

「春に話したら、彼女も退学するって言いだした。舞台活動にもっと時間を費やしたいらしい。僕の都合に合わせる必要なんてないって説得したけど、『別にあなたに合わせたわけじゃない。ずっと前から考えてたの』ってきつく返されたよ。彼女、ああいう性格だから翻意は難しそうだ」

榊君と春がいなくなる。

四月から今日まで、彼らと過ごす時間がなにより大切だった。それが、こうもあっけなく崩れてしまうなんて。うなだれ、顔を上げることができない。

「ビールなくなっちゃったね。ちょっと買い出しに行ってくるよ。何かつまみは必要かい？ああ、焼きそばのことを忘れてた。帰ってきたら作るよ」

返事ができない。

その後、榊君が買ってきた半ダースのビールを飲み干しただけでなく、二十歳の誕生日に実家から送られてきた高いウィスキーも空にした。榊君は何度か止めようとしたけれど、途中で諦め、最後までつきあってくれた。焼きそばには箸すらつけなかった。

ひどい喉の渇きで目が覚めた。

暗闇の中、寝息が聞こえる。榊君だ。デジタル時計は午前二時すぎを表示していた。彼を起こさないよう静かに立ち上がる。一歩踏み出すたび頭が軋んだ。蛇口から水を注ぎ飲み干す。とても足りない。続けてもう一杯飲む。アルコールと焼きそばが入り混じった匂いが室内に充満している。胃がせりあがるような強烈な吐き気に見舞われ、必死に押しとどめるが、何度も繰り返し襲ってきた。吐いてしまったほうが楽なのは分かっていたが、なぜかそうはしたくなかった。

キッチンに座り込み、波が去るのをじっと待った。ねっとりとした脂汗が浮かぶ。

徐々に眼が慣れてきた。潰されたビール缶があたりに散乱している。榊君は仰向けに寝ていた。きっと彼と会うのは今日が最後になるだろう。これからは一人で大学生活を送らないといけない。昔に戻っただけだと自分を納得させようとするが、そう簡単に気持ちの整理はつかなかった。

今ならお面を剝がせる。

ふとそう思いついた。榊君の素顔を知ることができる。きっと春ですら見たことはないはずだ。彼は深く眠っている。そっと外せば気づかれないだろう。腹いせの感情が皆無かといえば嘘になる。だがそれ以上に、純粋に仮面の奥を知りたかった。闇の中、四つん這いになり、彼の脇まで進んだ。起き上がる気配はない。鼓動が早まり、心音が相手に伝わるのではないかと心配した。

息を潜め、ゆっくりと手を伸ばす。

突然、胸のあたりが痙攣した。何事か分からずパニックになりかける。シャツのポケットに入れていたスマートフォンが振動していた。慌てて取り出し、止める。強いライトに目が眩んだ。榊君はまだ寝入っている。よかった。

千早からの電話だった。こんな時間にいったいどうしたというのだろう。かけ直すべきか悩んでいるとＬＩＮＥのメッセージが届いた。

――寝てる？

千早からだ。一旦キッチンまで戻り、シンクを背にして座り込む。

――起きてるよ。どうしたの？

――眠れなくて

――そうなんだ

――この前はごめんなさい

僕は慎重に言葉を考え、返信する。

――気にしてないよ

――ウソ！

――本当だよ

――あたし、せっかくのデートを台無しにしちゃった……

――そんなことない。最後は確かに少し残念だったけど、それ以外はすごく楽しかった

――本当に？

――ああ

――でも、もう先生に合わせる顔がない

――気にしなくていいって

――気にするよ！

レスポンスがとても早く、まるで傍で会話をしているかのようだ。

――それに、先生に好きな人がいることも分かっちゃったし

つい数時間前に失恋したことを伝えようかとも思ったが、しばらく悩んでから止めた。とても卑怯なことを書いてしまいそうだ。

――先生？

――起きてるよ

返信すると、アニメのキャラクターが笑っているスタンプが送られてきた。

――家庭教師はもうナシにしてもらう。先生に教えてもらっても集中できそうにないし
――分かった。でも、あまり気に病まないで。自分にも非はあるから
――最後なんだから、あんまり優しい言葉はかけないでよ
――ごめん
僕は短く返信する。
こうなることはある程度予期していた。連絡をくれただけでもありがたい。文字のやりとりだとしても、きちんとお別れをすることができる。
――元気でね。研究も頑張って
――千早も受験を頑張って。絶対合格できるから
――サラダバー！
続けて別の笑顔のスタンプ。
スマートフォンを閉じると、僕はその場にごろりと寝転んだ。一連のやりとりを反芻する。間違ったことは書かなかったはずだ。ただ、ひどく疲れた。もう難しいことは考えられそうにない。衝動的な渇望は霧散し、今はお面のことなどどうでもよくなっていた。眠ろう。朝になれば何かが変わっているかもしれない。

＊

風の強い日だった。

ロッカーからスマートフォンを取り出すと、一件のメールが届いていた。

――会えないかな

榊君からだ。四年ぶりとは思えないほど簡素な文章だった。ただ、いつか連絡が来るような気はしていた。

夜の総合公園は一種異様なほど静まりかえっていて、風が木々を揺らしていた。昼夜の違いはあるものの、懐かしさがこみ上げてくる。大学二年生の初夏、僕は愚かしいほど無知で鈍感ではあったが、それでもあのときが一番楽しかった。

焚き火の脇に佇む人影が一つ。榊君だ。じっと火に見入っている。

「やあ、久しぶり」彼は以前と変わらぬマスク姿でそう言った。

「突然だったから、驚いたよ」僕は歩み寄りながら言葉を返し、凍えた両手を火の近くに伸ばした。

「急でごめん」彼は長い枝で火をつつきながらそう謝った。

「でも、なんだか連絡が来るような気もしてた」

「テレパシーかな」

しかし、僕は笑わなかったし、彼も開きかけた口をつぐんだ。

燃える炎を見つめながら近況を報告しあった。榊君の店は誹謗中傷に遭い、春は予定外の妊娠をしていた。僕は大学院に進学せず就職したことを告げた。

「じゃあ、もう重力の研究はしていないの？」

「……いや、諦めたわけじゃない。細々とではあるけど続けてるよ。計算中心なら一人でもできないことはないからね。アインシュタインだって働きながら特殊相対性理論を発表したんだし」

「偉いね」

「別に偉いわけじゃないよ。趣味みたいものだから」

「いや、それでも僕は偉いと思う。続けることは何より大切なことで、何より難しいことでもあるんだ」

「ありがとう」彼の言葉は素直に嬉しかった。

「それに比べ、僕は駄目だな。親が遺した店を潰そうとしていて、生まれてくる子どものこともまだ認められずにいる。いいところが一つもない。正直、赤ちゃんが春と君の――」

「それ以上は口にしたらいけない」僕はそう相手を制した。自分でも驚くほど厳しい口調だった。

一陣の風が吹き、僕らの間を隔てる。奇妙な既視感が二人を包んでいた。

「……僕が『歯医者の息子』なんじゃないかって噂されている」彼が話を変えた。

「そんなわけないじゃないか」

「もちろん違う。でも、四六時中お面を被った男なんて、疑われても仕方ないのかもしれない。お客の誰かが言い出して、今ではネット上でもずいぶんやられているんだ。本当にひどい書き込みばかりだよ」

「大丈夫。そのことはもう心配しなくていい」と僕は声をかける。

「根拠のない励ましはいらないよ」

「あるよ、根拠」

「えっ？」

「さっきタクシーの運転手から教えてもらったんだ。夕方、『歯医者の息子』が逮捕されたって」

容疑者は豊島区に住む派遣社員の男だった。歯医者とは何の関係もなかった。黙秘しているものの、部屋からは物的証拠も見つかっているらしいと報道されていた。警察の地道な捜査がようやく実ったのだ。昔、榊君が『歯医者の息子』を高く評価したことがあった。賢くて用心深い、と。だが、捕まえてみればどこにでもいるような平凡な男だった。

「君は殺人鬼なんかじゃない。必死に店を切り盛りし、妻を大事にする立派な男だ」

彼はうつむき、返事をしなかった。疑惑が晴れたのにどうして喜ばないのだ。

「こんな暗くて寒いところに長い時間いたら駄目だ。気持ちが滅入ってしまう。話ならいつでも聞くよ。だから、今は春のところに戻るべきだ」

「それでも！」

彼は拳を握り、大きな声をあげた。

「それでも、僕はお面を取らなきゃいけないんだ。そうしないと先に進めない。そうさ、『歯医者の息子』なんて言い訳だよ。問題は自分自身なんだ。分かってる。でも、駄目なんだ。一人じゃ怖いんだよ。中学のときから十年以上つけている。もう顔に張りついてしまっていて、無理に引っ張ったら皮膚と肉まで一緒に剥がれてしまうんじゃないか。そんな気がするんだ。本当に恐ろしいんだ」

こんな惨めな彼は見たくなかった。僕の人生から遠く離れても、大学生のときのように快活で陰りのない生き方を貫いていてほしかった。彼が外圧に押し潰されることなんて望んでいない。

「光安君のアパートに泊まったことがあるよね。あのとき、君は寝ている僕のお面を外したんじゃないかい？　責めてるわけじゃないよ」

「――いや、取ってない」僕は首を振る。

「えっ？」

「夜中、千早からＬＩＮＥが来たんだ。それで取るタイミングを失った。やろうとしたことは認めるよ。でも、誓ってお面には触れてもいない」

「違う。僕は外してほしかったんだよ。だからわざと隙を作ったんだ」

「知ってるよ」そう、僕はすべて知っている。

あのとき、あのタイミングで千早から連絡がなければ、きっと誘惑に負けてお面に手をかけていたのだろう。胸を震わすスマートフォンの振動が僕を止めた。我々が立つこの現在は、榊君が望むものではないのかもしれない。それでも、これが現実だ。

四年前、競馬で万馬券が当たっていれば。あのときの僕の願いが通じ、三人に天から大金が舞い込んでいれば皆こんな人生にはならなかっただろうか。今とは違うもっと美しい未来も、もっと残酷な未来もあったのかもしれない。しかし、僕らはそれを選ぶことはできない。

「……やっぱり自分で外すしかないようだね。赤子みたいにいつまでも怖がっていてもしょうがないんだ。本当はそんなこと最初から分かっていた。都合が悪いときだけ友人に甘えるなんて最低だ。自分の意志でお面を外し、どこか別の土地で働く。そうしないといけないんだ。コックの仕事があれば嬉しいけど、収入になるなら何でもいい。生きていくにはお金が必要だからね」

「そのままでもいいじゃないか」僕は説得を試みる。

「いや、生きていくためにはここで剝がすしかないんだ。君は見ていてくれ」

そう言うと、彼はお面に手をかけた。

「待って！」とっさに相手の腕を掴んだ。

「邪魔しないでくれ！」榊君が声を荒げる。

「なんでお面を外さなきゃいけないんだ。君が一番君らしくいられるのが、その姿なんだろう。それならそのままでいいじゃないか」

「こんなの世間は認めてくれない。実社会は高校や大学みたいに甘くない。異物は否定され、排除されるんだ。僕がどんな目に遭ってきたか知らないのに無責任なことを言わないでくれ！」彼が叫んだ。

「世間がなんだ！　周りがなんだ！　僕はお面を被った君を認める。春だって今のままの君を好きになったんだろう。味方は二人もいる。それで充分じゃないか。お面を剝がしたら、別人になってしまう。僕と春にとっての、君自身にとっての榊君が消えてしまう。そんなのは間違ってる」僕は怒鳴り返す。

「滅茶苦茶だ」

「世界なんて最初から滅茶苦茶なんだ」

「勝手なことを言うな」

榊君は僕の腕を振り払い、怒りに任せ胸ぐらを掴んできた。荒い息づかい。強い憤り。激しく揉みあう。榊君が言葉にならない言葉で何か喚く。殴りかかってくるのを防ごうと、抱き着く形で地面に倒れ込んだ。強引にお面を取ろうとする手に僕は嚙みついた。悲鳴が木々に反響する。絶対にお面は外させない。そんなことは僕が認めない。彼が彼であるためにはお面が必要なのだ。組み伏せようとした瞬間、みぞおちを強く蹴り飛ばされた。もんどりを打ち、地面を転がる。僕はうずくまり、ひどく咳き込んだ。息が吸えない。彼が立ち上がった。いけない。届かない。春。彼を止めてくれ。ここにいない彼女にそう願う。

不意に体が重くなった。

ほんのわずかな変化だが、気のせいではない。榊君の動きも止まった。彼の膝がわずかに曲がる。周囲の木々がざわめいている。見ると、枝がたわんでいた。すぐに分かった。エポジック・アノマリーだ。重力に異常が生じている。木に留まり寝ていた鳥たちがぼとぼとと地面に落ちてくる。どこかで大規模な地殻変動でも起きたのだろうか。あるいは地軸にずれが生じたのかもしれない。驚きはしたが、すぐに受け入れることができた。僕はずっとこの瞬間を待っていたのだから。

「――これは？」榊君が戸惑っている。
「変化したんだよ」僕は起き上がりながらそう説明する。
「僕は何もしていない」
「変わったのは僕たちじゃない。世界のほうだ」

「……そんなこと、あるわけない」

「いつか春が言ってたじゃないか。運命の分岐は音もなく突然起きるって」

そう、彼女の予言が四年経った今的中したのだ。これから世界中で大騒ぎが起きるだろう。戦争や貧困問題に発展するかもしれない。それでもかまわない。榊君がお面を外さずにいられるのであれば、何がどうなっても後悔しない。

重力の重みに耐えかね、何千、何万枚もの枯葉が一斉に降ってきた。葉は僕の肩に、榊君の頭に、焚き火の中に降り注ぐ。枯葉は炎に飛び込みパチパチと勢いよく爆ぜた。それは榊君の生き方を肯定する拍手のようであり、僕の研究に対する喝采のようであり、春の体内に宿った生命に対する祝福のようでもあった。

大きく立ち昇った火が彼のお面を明るく照らした。

7月2日、夜《よ》の島《しま》で

走りながら渕上は腕時計に目を向けた。少しペースが落ちてきている。日が沈んでいるとはいえ、もう七月だ。気温はまだ二十五度を超えている。だが、それを言い訳にしてはいけない。よく見かける壮年のジョガーがすっと渕上を追い抜いていった。瞬間的に頭に血が昇り、つい張り合いそうになる。無理をすればしばらくはついていけるという自信はある。いや、駄目だ。つまらない対抗意識は捨てろ。競うのは他人ではない。一定のリズム、しっかりとした足の運び、安定した呼吸を保ち、自己の記録を僅かでも上回ることが本来の目的なのだ。

渕上は邪念を振り払い、一キロごとのピッチを正確に計測し、頭に叩き込んでいく。年明けにはフルマラソンに挑戦する予定だ。計画どおりに体を作り上げていかなければならない。

走りながらシャツの袖で汗を拭う。この総合公園は一周が正確に二キロに作られているだけでなく、路面はゴムチップ舗装されている。環境が整っていることもあり、高校や大学の陸上選手や、趣味のランナー、楽しそうに雑談しながら歩く中年女性たちなど、昼夜を問わず多くの市民が利用している。

就職後、走ることを日常生活に組み込むと決め、この総合公園に通える位置のアパートに引っ越した。職場に近いほうが日々の通勤は楽なのだろうが、手間をかけてここまで走りに来なくてはいけないようでは、いつかさぼりだすと思っていたからだ。

だが、鍛錬のために始めたジョギングは、今では純粋に楽しみにもなっていた。何より良いのは、走っている間だけは、絶えずつきまとってくる不安の影を振り切れることだ。

予定の十四キロを走り終え、アパートに戻りシャワーを浴びる。仕事で溜まったストレスが汗や皮脂と共に流れ落ちていく。ベランダから取り込んだばかりのTシャツとショートパンツに着替えると、コップ一杯の牛乳を飲んだ。冷蔵庫にアルコールの類は一切入っていない。会社の酒席など、やむにやまれぬとき以外は口にしないよう決めている。酒で精神が揺らぐのが嫌なのだ。いや、怖いといったほうが正しいかもしれない。

部屋に放っておいた携帯電話を手に取ると、着信履歴が残っていた。林さんからだった。すぐに折り返す。

「おう、渕上、急に悪いな。デート中とかじゃなかったか?」いつもと変わらぬ、明朗な声が耳にひびく。

「いいえ、違いますよ」渕上は素直に答える。

「今晩は暇か？」

「今、ジョギングから帰ったところです。この後、特に予定はありませんけど」林さんの目的は最初から分かっている。だが、渕上から先に話題を振るのはあえて避けた。

「土曜の夜に独りでジョギングか。若いのに侘しい生活を送ってるな」

「別に侘しくなんてないですよ。好きで走っているんですから」

「お前なぁ」と言って、彼はため息をつく。「二十五歳って、人生で一番いいときじゃないか。そんな時期に、同じコースを馬みたいにぐるぐる回るだけなんてもったいないだろう。もっと楽しめよ」

「自分の『一番いいとき』なんてとっくの昔に終わってますよ」渕上はむっとして言い返す。

「そんなこと分からないだろう」

「分かりますよ」

「まあいい。ともかく、これから空いてるんだな。良かったらまたあそこに連れていってくれないか。飯くらいは奢るからさ」

「あそこって『ヘウレーカ』のことですか？」

「他にどこがあるんだよ」

「……えっと」と渕上はわざと言葉を詰まらせる。

「なんだよ？」

「すみません。今月はちょっと金欠なので」

「はっ？　給料出たばっかりだろうが。ボーナスだってもうすぐだし」

「いや、別のところで大負けしちゃって」そう嘘をつく。

「お前、他のとこでもあんなことしてるのか」

「いや、そっちはまだ健全な店ですけどね」

「まあいい。ちょっとくらいなら俺が立て替えてやるからさ、行こうぜ。暇なんだろ」

「いえ、今日は本当に。すみません」

「なんだよ」林さんは拗ねたようにそう言う。

「でも、大丈夫です。店には話を通しておきますから。今回から林さん一人でも入れるよう口添えしておきます。店の場所は覚えてますか？　中洲のあの雑居ビル」

「ああ、あのときは酔ってたけど、ちゃんと覚えてる。六階だろ？」

「そうです。ビルは分かりづらい場所にあるし、看板も出てないから間違えないでくださいね」

「ああ」

「ただ、さすがにこんな早い時間はまだオープンしていないですよ」

「じゃあ、十時くらいに行くことにするわ」

「分かりました。そう伝えておきます。入口に立っている男、この前紹介した竹下って奴に名前を言ってください」

「あの金髪タキシードの兄ちゃんは、そんなに権限があるのか？」

「いや、まだぺーぺーではありますけどね。上に気に入られているみたいなんで。それに林さんはまったく初めてってわけじゃないので、一応身元の保証は取れていますし」

「いろいろ悪いな」

「いえ、こちらこそつきあえなくてすみません。でも、ただ酒だからって酔っ払いすぎたり、大負けして暴れたりはしないでくださいね。自分まで出入り禁止になってしまいますから」

「暴れるわけないだろ」と彼は笑う。

「まあ、林さんだから心配はしていませんけど」渕上も笑い返す。

「勝ったら何かご馳走するよ」

「じゃあ、期待しておきますね」

「しかし、お前はすごいよな」林さんの口調が変わった。

「えっ、何がですか？」

「入社三年目の、一見真面目な若手社員が、どうして中洲の裏カジノを顔パスできるんだよ」

「たまたまですって。あの竹下ってのが昔からの腐れ縁で、偶然あそこで働いてるから融通を利かせてもらえてるだけですよ」

「いや、それでもさ――」

「まあ、楽しんでくださいよ」と渕上は話を遮る。

「そういえば、明日は誕生日ですよね。大勝ちするといいですね」

「俺の誕生日なんてよく覚えてるな」

「記憶力はいいほうなんです」と渕上は冗談めかす。

「ははっ、確かに記念日くらいは神様も良い思いをさせてくれるかもしれんな。なら、日付が変わるまでは様子見しとくかな。じゃあ、またな」そう言って林さんは電話を切った。

かかった。

自然と浮かんでくる笑みを渕上は抑えることができなかった。ようやくのことで計画が最終段階に入った。彼が福岡に赴任してきてから一年半。これまで払ってきた労力が報われた瞬間だった。

今日を境に林さんは堕ちていくだろう。あの味を一度知ったら抜け出すのは容易ではない。彼は理性も知恵もある人だが、ギャンブルとなると途端に人格が変わる。普段はまともでも、賭け事になるとタガが外れる者は少なくない。渕上自身もそうだったので、その手の人種の習性はよく分かる。一人でも行きたがるほどだ。計画は八割がた成功したと考えて良いだろう。あとは破滅寸前に陥るタイミングを見逃さないことが肝要だ。

渕上はすぐに竹下に電話し、林さんを客として迎えてくれ、と依頼した。竹下はあまり気のいい返事はしなかったが、それでも拒否はしなかった。あのときの「貸し」はまだ残っているようだ。負い目につけこむのは気分の良いことではないが、そんなことで躊躇してはいられない。

　同じ商社で働いてはいるものの、林さんは六階の営業部で、渕上は五階の経理部なので、社内で顔を合わせる機会はそれほど多くない。近づいたのは渕上からだった。

　林さんは営業部のテコ入れのために東京本社から送られてきた、いわばエリートだったが、普段は誰に対しても冗談を言うような人好きのする男性だった。九つ年齢が離れているが、正直そんな感じはしない。仕事には厳しいが変に偉ぶることもなく、公私の切り替えもはっきりしている。きっとこういう人が出世していくのだろう、と素直に思える相手だった。

　彼は向こうにキャリアウーマンの奥さんを残し単身赴任をしてきている。自由がある代わりに、寂しさもあったのだろう。しばらくして、渕上が飲みや遊びに誘うと簡単に乗ってきた。職場での評判は上々だが、ギャンブル好きの一面を知っているのは渕上だけだ。

　ただ、彼が七月二日生まれでなかったら、業務以外で接することはなかったはずだ。先月、裏カジノに誘うまで、違和感を覚えられないよう時間をかけて少しずつ関係を構築していった。ようやくここまで導いたのだ。

　これから辿るであろう彼の末路を考えると胸が痛くなる。だが、情に流されていてはことが進まない。自分は鬼にならないといけないのだ。

　パスタを茹でていると、再度電話が鳴った。林さんの気が変わったのでは、と嫌な予感が頭をよぎったが、幸いそうではなかった。だが、こちらはこちらで好ましい相手ではなかった。

「もしもし」不機嫌そうな女性の低い声が響く。佐織だ。一年振りに聞く声だ。

「ああ」と渕上は短く答える。さきほどまでの高揚感がみるみるうちに萎んでいく。

「何の連絡もないけど、明日が何の日か忘れたわけじゃないでしょうね」棘のある口調だ。

「忘れてはいない」渕上は即答する。忘れられるはずがない。彼女はわざと聞いてきているのだ。

「明日は来れるの?」

「行くよ。午前中のうちにそっちのマンションに行く」

「じゃあ、事前に連絡くらいちょうだいよ。私にも予定ってものがあるのよ。あなたのためだけに大切な一日をじっと待って過ごすほどヒマじゃないの。今年はせっかく日曜でもあるんだし」苛立っているのか、妙に喧嘩腰だ。互いに不快な感情を抱えている。

できることなら佐織と話などしたくないし、会うのも嫌だった。だが、こちらから縁を切るわけにはいかない事情がある。

「それは悪かった」渕上は抑揚をつけずに謝る。

「新幹線で熊本駅に十時前に着くから、そこからタクシーで行くよ」

「ちゃんとプレゼントも買ってくるのよ」

「分かった。適当に見繕ってくる」

「適当じゃ――」

「今から出かけなきゃならないから、また明日」渕上は相手の言葉を遮り、強引に電話を切った。そうでもしないと発作的に怒鳴りつけてしまいそうだった。

渕上はキッチンの脇に屈みこんだ。気分が乱高下する。こちらから連絡しなければ、電話がかかってくることなど最初から予見できたことだ。嫌なことを先延ばしする悪癖はまだ治っていないらしい。だから、こんな苦しい思いをすることになる。七月二日のことを忘れるはずがない。胃がせり上がってくるような感覚に襲われ、渕上はえずいたが、唾液以外は何も出てこなかった。せっかくシャワーを浴びたのに、脂汗が次から次に浮かんでくる。鍋の中で湯が沸騰し、ぐらぐらと蓋を揺らしていた。三年前の悔恨が吹きこぼれそうになるのを堪える。彼女には感謝しているし、恩を忘れたこともない。だがそれだけで、恨みや被害者意識を拭うことはできない。彼女のせいで、良くも悪くも人生の歩み方が大きく変わってしまったのだ。

しばらく屈み込んでいたが、気分は一向に改善されなかった。渕上はふらつく体でなんとかガスコンロだけは止めた。食欲は消え失せていた。どれだけ自分を厳しく律し暮らしていても、佐織とのたったあれだけの会話でここまで乱される。今年はもう大丈夫かとも思っていたが、まだまだ修練が足りないらしい。渕上は無理に苦笑いを浮かべてみた。ジョギング後の爽快感も、林さんを罠にかけた喜びも、何もかもが彼女の言葉で黒く塗り潰された。

佐織はきっとすべて分かってやっているのだ。どれだけハードに仕事をこなし社会的信頼を得ても、どれだけ走り身体を磨き上げても、自分のすぐ傍には巨大な奈落がぽっかりと口を開け続けている。それを再認識させるために毎年連絡をしてきているのだ。

翌日、熊本に着いてから駅ビルでケーキと花束を買い、タクシーに乗る。佐織の住むマンションは駅から十五分ほど離れたところで、スーパーがあり、小さなクリーニング屋があり、似たような低層マンションやアパートがしめじのように建ち並んでいる。地味で、特徴のない住宅街だ。三回目の訪問にもかかわらず、どの建物か迷う。

学生時代はお互い実家暮らしだった。なんだかずっと昔のことのように感じる。

長く接したくはない。手早く済まそう。子どもの頃は一年間で一番めでたい日だったのに、今では最も気分が悪い一日に変わってしまった。責任が自分にあるのは理解しているが、だからといって簡単に割り切れるものでもない。悪感情が顔に浮かばないよう、渕上は静かに呼吸を整えた。

入口でインターフォンを押すと、応答もなしにオートロックが解除された。玄関も同様に一回のチャイムで鍵が開けられる。愛想というものが欠如しているのだ。別れた恋人には愛嬌を振りまく必要もないということか。

佐織の顔を見ると、途端に心拍数があがった。

「久しぶり。どうぞ、上がって」玄関で佐織は短くそう言い、部屋に向き直った。

彼女は相変わらずすらりとしていた。大学時代から歳を重ねた印象はほとんど受けない。それでも髪は少し伸びたようで、ポニーテールにして後ろでまとめている。着ているピンクのポロシャツや七分丈のパンツには見覚えがあった。

「その前に、これ」渕上は感情を隠してそう言い、振り返った彼女にモノを手渡した。

「あら、きれいなお花。ケーキまであるのね。ありがとう。じゃあ、中で一緒に食べましょうよ」彼女はそう礼を述べたが、さほど嬉しそうには見えなかった。大根役者同士が即興舞台で演じているようなぎこちなさがある。

「いや、ここで済むならこのままでいい。これで今年もちゃんと約束は果たしただろう」

「何言ってるの？　それは渕上君が決められることじゃないでしょ。今日だけは、私が『上がりなさい』って言ったら、あなたは上がらなきゃいけないの」

「そんな勝手な——」

「いいから早く入ってきなさいよ。お隣さんに痴話げんかと勘違いされたら恥ずかしいじゃない」

渕上は渋々従った。言われたとおり、こちらに拒否権はない。彼女が許してくれるか、「七月二日の誕生日」に飽きるまでは我慢するしかない。

１ＬＤＫの部屋は相変わらず小ざっぱりとしていて、一見しただけでは若い女性の部屋と分からないほどシンプルだ。ただ、前は何もなかったリビングに、二人がけの小さなテーブルセットが新しく置かれていた。まるで広い海原にぽっかりと小さな島が生まれたようにも見えた。この一年の間に、誰か食事を共にする相手でもできたのだろうか。

「そこに座ってて」彼女がそのテーブルを指差す。

「長居はしない」

「ケーキはホールで買ったのね」こちらの言葉を無視し、キッチン越しに彼女が言う。

「甘いもの、好きだろ」

「いくら好きでも、こんなには食べられないわよ」苦笑しながら彼女は答えた。徐々に声色が変わってきた。機嫌が直ってきたようだ。自分をいたぶるのがそんなに楽しいのだろうか。

「カットするから、責任もって三分の一は食べてよね」

「いらない」渕上ははっきりとそう答えたが、佐織はかまわず準備を進める。

「今、節制してるんだ」改めてそう説明した。嘘ではない。

「じゃあ、今日くらい存分に食べて。コーヒーもいるでしょ」

渕上は諦めて従うことにした。いちいち反抗していても無駄に長引くだけだ。

「そういえば去年も花束とケーキだったわね。たまには変化をつけられないの？　ドライブに連れて行ってくれるとか。ワンパターンな人は嫌われるわよ」彼女はケトルで湯を沸かしながらそう言った。

「車を持ってないんだ」そっけなくそう答える。

「あれ、そうだっけ？　じゃあ、あのときは、初デートのときはどうしたんだっけ？」

「あれは親の車」

「ああ、そうだったの。でも、それはそうね。まだ学生だったし」と言った後、彼女は突然小さく笑い出した。

「どうした？」

「いや、あの日のことを思い出したの。あれはひどかったわね」と彼女は口に手を当てる。

確かに佐織との初めてのデートは最低だった。彼女が大分県にある有名な大吊橋に行きたいと提案した。免許を取得したばかりだったので運転はおぼつかず、二時間かけてようやくたどり着いた橋は、折からの強風のため入場禁止となっていた。近くの名物料理屋は店休日で、おまけに田舎道でガス欠を起こしＪＡＦを呼ぶ羽目になった。目の前の佐織は笑い話にしているが、あのときは相当むくれていた。自分たちは最初からうまくいかなかったのだ。

「それで、渕上君はこの一年間、元気にしてた？」佐織が大きくカットしたケーキとコーヒーをテーブルに持ってきた。

「ああ、まあね」適当に答える。

「ギャンブルはやってない？」

「やってない」渕上は短く答えた。それは半分嘘であり、半分本当だった。あの日以降「自分のために」ギャンブルをしたことは一度もない。

「じゃあ、具体的にどんな一年だったか、詳しく聞かせて」彼女はケーキに手を付けず、組んだ手に顎をのせそう聞いてきた。

「……またそれか。母親じゃないんだから、なんで毎年そんなことまで話さないといけないんだよ」

「だから、あなたに拒否権はないって言ってるでしょ」彼女の口調が途端に厳しくなる。

こちらも頭が沸騰し、反射的に強く言い返しそうになる。だが、渕上は目をつむり、怒りをぐっと呑み込んだ。

「――一年間、真面目に働いて、定期的にジョギングをして、こつこつお金を貯めながら生活してきた。去年と一緒だよ。カラフルな出来事なんて何もない」努めて冷静にそう答えた。

「彼女とかは作らないの？」

「いないし、いらない」

「本当？」佐織は繰り返し問いかけてくる。

「ああ」

「いくら更生したっていっても、ちょっとストイックすぎじゃない？」

「……なあ」と渕上はこめかみを押さえ言った。忍耐の限界が近づいていた。

「あのときに借りた五十万円はとっくの昔に貯まってる。利子をつけて六十万で、いや、なんなら百万にして返済してもいい。だから、いい加減こんなこと止めにしないか。もう返してくれてもいいんじゃないか。あれから三年も経ってるんだぞ」

彼女は黙ってこちらを見つめた。その視線はひどく冷やかだった。

「――あのね、渕上君。あなたはまだ勘違いしてる。あのお金は貸したんじゃない。交換したのよ、あなたの誕生日と。あのときも、はっきりそう言ったでしょ。原始人同士がマンモスの肉と珍しい木の実を交換して、一か月後に『やっぱりあれはナシだから、返してくれ』ってなっても無理なのと同じよ。肉は食べられてしまったし、木の実は植えられてしまった。もう手遅れなの」

「俺は原始人じゃない」

「例えよ」

「でも――」

「この世は契約社会なのよ」こちらの言葉を遮り、そう言い切る、

「じゃあなんだ？　もう何もかも無駄だって言うのか！」堪えきれず、ついに声を張り上げてしまった。驚いて佐織が身を竦める。

後悔の念がさっと胸の内に広がり、口の中に残るケーキの甘みが一転して苦くなった。彼女の言い分に納得などできないが、感謝すべき恩人であることは間違いない。それに短い期間だったとはいえ恋人同士だった時期だってある。そんな相手に大声を出す自分が許せなく、みっともなかった。会いに行く以上、冷静に話し合って返してもらうことも考えていたのに、交渉

の入り口にさえ立てなかった。何も成長していない。彼女を直視することができない。渕上は無言で立ち上がり、部屋を出ようとした。

「――ねえ、約束は約束だから、また来年も来てよね」背後から震えた小さい声が聞こえたが、渕上は返事をせず、その場を後にした。

*

卒業式まであと二週間を切った三月初旬、渕上は幾重にも折り重なる絶望の層に、完全に押し潰されていた。

商店街の花壇に座り込み、顔を覆ったまま動くことができない。口の中がひどく乾き、涙すら出なかった。自分の愚かさに腹が立つが、それ以上にどうしようもないほどひどく打ちのめされていた。目を開ける気力すらない。波の干満のように、ときおりパチンコ屋からの音楽が響いては消える。きっと目の前では多くの人が行きかい、喋り、笑っているのだろう。しかし、そんな音の重なりは耳の奥までは届かない。感覚がひどく鈍っている。いっそこのまま石像にでもなってしまえたらどれだけ楽だろう。

気がついたとき、竹下は姿を消していた。今回の資金の出処は向こうも知っている。怖くなって逃げたに違いない。だが、かまわない。きっと今あいつを見たら、発作的に殴りかかってしまうだろう。あいつがもたらした情報を信じた責任が自分にあることは重々理解している。それでも感情を抑えられる自信はなかった。

両親のことは考えたくなかった。今日のことが発覚すれば、勘当される可能性だってある。もうこれ以上助けてくれるとは思えないし、自分から救済を願い出る勇気もない。

自らの手で将来への道筋を絶ってしまった。学費の納付期限は今日までだ。これ以上は延納できない。除籍処分だ。当然、内定は取り消しになるだろう。これから何十年生きるのか分からないが、挽回する機会はもう訪れないだろう。職に就けたとしても、低収入で重労働の仕事になるに違いない。自分のようなひ弱な人間がそんな環境に耐えうるとはとても思えなかった。人生とはわずか数時間で壊れてしまうものなのか。今さらながらそんなことが頭に浮かんだ。認めたくはないが、これは事実だ。夢ではない。

パチンコ屋で、一万円札が機械に吸い込まれていくたび、かいたことのない汗が脇や背中からじっとりと滲み出てきた。アタリが来ない。竹下から知らされていた情報と違う。大きく出たのは最初だけで、あとはほとんどかすりもしなかった。何か聞いていないか、通りかかる店員にそれとなく目配せをするが、皆知らん顔だった。遠くに見える竹下も青い顔で台に張りついていた。意識的にか、こちらを見ようともしない。十万円を失った時点で本当に引き返せなくなった。あとは、泥沼だった。

学費を使い込んだのはこれで二回目だった。半年前、大学の経理課に直接学費を支払うため、親から現金を預かったものの、大学には向かわず消費者金融への返済に充てた。そして、残った分をパチンコで倍にしようとし、失敗した。当然、父は激怒し、母は泣いた。四年生後期分の学費だったのでなおさらだ。大学へは二度目の延納願を出した。親からは自分で稼ぐよう言われた。当たり前のことだ。しかし、必死に稼いだアルバイト代の大半もまたパチンコ代に消えた。負けた後は、もうやめよう、いいかげん学ぼう、と強く心に誓うのだが、まとまった金が入ると、ついふらふらとあの騒音の中に吸い込まれてしまう。大勝ちの記憶が麻薬のように脳を刺激するのだ。どれだけ良い会社の内定を勝ち取ろうとも、どれだけ人前で格好つけようとも、所詮、自分は末期のギャンブル中毒者でしかなかった。

親と竹下、そして過去に交際してきた女性以外は、自分の真の姿を知らない。他人の前では明るく快活な学生を装い、腐った性根はひた隠しにしてきた。

結局、最終期限ぎりぎりになって親に泣きつき、再び捻出してもらうことになった。

今度こそは、と朝一番に大学に向かう途中、竹下から電話がかかってきた。「今日のは堅い。裏から情報をもらってるから、まず間違いない」と。

竹下は大学の同級生だったが、ギャンブルで生計を立てるような暮らしをしており、大学は二年生から進級できずにいた。毎日パチンコ屋を打ち歩いているうちに、ゴト師や暴力団関係者と接触するようになり、彼らの手先のような仕事まで請け負うようになっていた。渕上はそこまではまり込む勇気はなかったが、竹下の依頼で打ち子の手伝いをしたことなどはあった。

正直いうと気が合うタイプではなかったが、彼が教えてくれる出玉情報にはある程度信頼が置けたし、これまで良い思いも少なからずさせてもらってきた。だからこそ、今日も合流したのだ。しかし、結果としてそれはガセネタだった。竹下のような人間と知り合わなければ、こんなことにはならなかった。

元手が倍になれば親に前回の分を返せる、という目論みがあった。今思えば、博打で稼いだ金で返しても、親が喜ばないことくらいは分かる。結局は何もかも言い訳にすぎない。要は、自分はパチンコがやりたかっただけなのだ。

消えたい。

さまざまな感情が過ぎ去った今、蒸発願望だけが残った。こんな無様な姿は誰にも見られたくない。だが、失踪しようにも元手もない。どうしたらいいか分からない。子どもじみた逃避だが、頭を抱えているうちに何もかも解決してくれないかと、見たこともない神に祈りもした。

願いが現実を動かしたのか、偶然にも救い主は現れた。

「あら、渕上君じゃない。どうしたの？」

どこからか呼びかけられる。不思議とその声だけは明瞭に耳まで届いた。

「頭でも痛いの？　ねえ、渕上君、聞こえてる？　大丈夫？　救急車呼ぼうか？」

渕上はようやくのことで顔をあげた。そこには三年生の夏に僅かな間だけ交際していた女性が紙袋を抱えて立っていた。焼きたてのパンの匂いがする。そういえば、彼女はこの近くに住んでいたのだった。

「……ああ、佐織か」渕上は声を絞り出しそう言った。何時間ぶりに目を開けたのだろう。夕日がひどく眩しく感じられる。

「ひどい顔色よ。どうしたの？　気分悪い？」

「……大丈夫だよ。だから、放っておいてくれないか、悪いけど」今は誰とも話す気になれない。

「具合が悪い訳じゃないの？　何かあったの？」佐織はかまわず続ける。お節介焼きなところは以前と変わっていないようだ。

「いいから一人にしてくれ」会話は苦痛でしかない。

「嫌よ」彼女ははっきりとそう言い切った。「何があったか知らないけど、放っておいたらなんだか死んでしまいそうな感じだもの」

「……死なないよ」

たぶん、と心の中でつけ加える。

「でも、思いつめた顔をしてるわよ」

「してないって」

問答が続く。佐織はなかなか立ち去ろうとしない。野良犬を追い払うように怒鳴りつければいいのかもしれないが、そんな気力は残っていなかった。どうして彼女は一年半も前に別れた恋人にそこまで関わろうとするのだ。もう関係ないではないか。

「ねえ、話してみなさいよ。もしかしたら何か手助けできることがあるかもしれないじゃない。体調じゃないなら、精神的なことなんでしょ」

「……いや、精神的なことでもない」

「じゃあ何よ？」

「金だよ。学費を全部すったんだよ」渕上は自棄になり投げやりにそう答えた。しかし、発した瞬間、身悶えするほどの恥辱にまみれた。そんなこと口にすべきではなかった。彼女と目を合わすことができず俯いてしまう。

「は？　すった？　すったって何？」意味が分からないようで、彼女はそう聞き返す。

「――そこのパチンコ屋で」消え入るような声で渕上は答えた。

「え？　学費をパチンコにつぎ込んだの？　それって本当に馬鹿じゃない。ギャンブル癖はまだ治ってなかったの？　昔、あれだけ注意したじゃない」彼女は驚き、呆れていた。

「これで何もかも終わりだ。卒業できなくなるし、内定も取り消しだ。……たった五十万円で人生って変わるんだな」

そう呟いた後、発した言葉の意味に気がつき、暗澹たる気持ちになった。自分は同情してもらいたいのだ。別れた恋人に憐みをかけてほしいのだ。胸が潰れそうになる。自分はどこまで落ちぶれていくのだろう。

「……五十万円あれば、ちゃんと卒業できるの？」佐織がゆっくりとそう聞いてきた。

「まあ。でも、もう千円も残ってないからどうしようもないけど」

「もし私が用立てできるって言ったらどうする？」

渕上は思わず顔をあげた。

「あなたには別にもう未練も義理もないけど、五十万円で救えるなら助けてあげてもいいわよ」

「えっ？」

一瞬、耳を疑った。

「でも、そんなお金がどこに？」

「そのくらいの貯金はあるわよ。誰かさんと違って私は堅実だから」彼女はぎこちない笑みを浮かべてそう答えた。

「でも、そんな」

頼めるはずがない。

「渕上君、あなたは遠慮している場合なの？」

「いや、でも……」言葉に詰まる。

「私はどっちでもいいの。どうするかは自分で決めて」彼女は厳しい視線で見下ろしていた。

迷ったのは一瞬だった。男としての沽券や体面が頭をよぎったが、そんなものはすぐに消えた。いや、本当は迷ってなどいなかったのだろう。すぐに飛びつかなかったのは、単なる見栄だ。

「働き出したら絶対すぐに返す。約束する。……だから、借りていいか？」渕上はそう聞いた。

「私、お金の貸し借りは嫌いなの」彼女はきっぱりとそう言った。

「えっ？」

「だからといって無償であげる気にもならないわね。そんな博愛精神は持ち合わせていないし」

「じゃあ、どうすれば？」渕上は混乱する。

「さっき言ったでしょ。あなたには何の気持ちも残っていないって。だからタダであげるわけにはいかないわ。五十万円って、相当な大金だものね。渕上君はさっき『たった五十万』なんて言ったけど」

「いや、それは。……だから、ちゃんと返すって」

「昔、私のおじいちゃんが貸金業をしてて、すごく苦労したのを知ってるから。お金の貸し借りは絶対にしないって決めてるの」

「なら、どうしたらいいんだ？」

「そうね」と彼女はいったん言葉を切った。

「実は昔から欲しかったものがあるの。渕上君がそれをくれたら、お金はあげるわ。つまり等価交換ね」

「欲しかったもの？　今の俺があげられるものなのか？」

「そう、あなたじゃないと差し出せないものよ」

「何だ？」

「あなたの誕生日。それを私に譲って」

「は？」

「だから、誕生日をちょうだいって」

「……どういうことだ？」何かの比喩だろうか。

「渕上君って七月二日生まれよね。それってとっても素敵な日付なのよ。あなたは気づいていないかもしれないけど」

「どのへんが？」困惑を隠せない。

「一年は基本的に三六五日じゃない。それで、元旦から数えて七月二日は一八三日目なの。つまり一年のちょうど中間の日なのよ。一年の前半でもない、後半でもない、本当にちょうど真ん中なの。ほら、すごく良い日でしょ？　暦にこだわる人間にはこれ以上ないほどの日付なのよ」彼女は少し興奮気味にそう説明した。

「そんなものなのか」まったくピンとこない。

「そんなものなのよ」と彼女は言い切る。

「あなたの誕生日を知ってから、ずっと自分が七月二日生まれだったら良かったのに、って想像してたの。私は十月六日なんていいたって平凡な日だし」

「どういう意味だ?」

「意味が分からないなら分からないままでいいわよ。ともかく、あなたの誕生日を譲ってくれれば、代わりに学費を出してあげるって言ってるの。ちょっと特殊な売買と思ってくれればいいわ。それであれば渕上君も変に負い目を感じなくていいでしょ」

星座や血液型にこだわる者が意外に多いことは知っている。だが、誕生日そのものを気にする人間に会ったのは初めてだった。自分はいったい彼女の何を知っていたのだろう。

「時間がないんでしょ。決めるなら、今決めて」腕時計に目をやり、佐織がそう急かす。夕方の四時だった。大学の窓口が閉まるまであと一時間。確かにぎりぎりのタイミングだった。

こんな話、聞いたこともない。だが、彼女の真剣さからすると、からかっている訳ではなさそうだった。世の中には生活に困って戸籍を売るような者もいるらしいから、それと同じようなものだろうか。ともかく今は五十万円を即金で出してくれるのであれば何でもかまわない。

「どうしたら誕生日を譲ることができるんだ? 必要な手続きを教えてくれ」

「じゃあ、家に書類を置いているから、今から取ってくる。いつかこんな日がくるかもと思って準備だけはしていたの。渕上君、印鑑持ってる?」

「いや、持ってない」

「じゃあ、この商店街の中に百円ショップがあるから、そこで買って。身分証のコピーも取っておいてね。あと、コンビニで戸籍抄本を出してきて」

「分かった」

「じゃあ、十五分後にまたここに集合ね」

「あ、ああ」どんどん話が進められていく。

佐織が小走りに去っていった。

にわかには信じられない話ではあったが、今は藁にでもすがりたい。渕上は花壇に張りついた腰をなんとか持ち上げ、印鑑を買い求めに歩いた。

戻ってくると、彼女はすでに待っていた。肩が上下している。相当急いでいたのだろう。

「これが書類。鉛筆で薄く丸をつけてる部分を書いて。あと、捺印もね」

目を落とすと「生月日譲渡申請書」と記載されている。市役所が発行している正式な書類のように見えた。だがしかし。

「これ、本物か？　誕生日の譲渡なんて聞いたことがない」

「本物よ。あなたが知らないだけでしょ。役所にはありとあらゆる書類が揃ってる。住民票を発行したり、婚姻届や離婚届を受け付けているだけじゃないのよ。まあ、これは本当に珍しい申請だから知らないのも当然かもしれないけど。一応、裁判所まで回ることになるしね」

「これに署名したら五十万円くれるのか？」

「そうよ。でも、念のため言っておくと、あんまり軽々しく考えない方がいいと思うわよ。誕生日を失うことになるんだから」

「想像がつかない」渕上は素直にそう答えた。

「そうかもね。でも、この書類を提出したらもう後戻りはできない。本当に覚悟はある？　嫌なら、この話はなかったことにしてもいいのよ」

「嫌じゃない」

「それと、もう一つ条件があるわ」

「なんだ？」

「毎年その日は、どこにいようとも私に会いに来て誕生日を祝うこと」

「はっ？」

「七月二日が私の誕生日になるんだから、『元保持者』として挨拶に来るくらい当然でしょ」

「馬鹿馬鹿しい」

渕上の反応に、彼女はむっと顔をしかめた。

「するの？　しないの？　早く決めないと困るのはあなたでしょ。私はしなくてもいいのよ」

「ああ、する。するよ」

「本当に？」

「本当だ」もう何だってかまうものか。

「じゃあ、お金を下ろしてくるね。書類は書き間違えないよう慎重に」

そうして、渕上は夕暮れが近づく商店街の道端で誕生日を失った。

おかげでなんとか無事に大学を卒業できたし、新社会人としてスタートを切ることもできた。親に二度目の使い込みが露見することもなかった。良いこと尽くめで、まるで魔法のようだ。

あのとき佐織と会わなければ、今頃ひどい生活を送る羽目になっていただろう。

商店街では判断力を失っていたが、数日経ってあれは彼女なりの優しさだったのだと気がついた。元恋人のプライドを傷つけないよう、とっさに誕生日の譲渡などという荒唐無稽な話を持ち出し、見せかせだけの売買という形でお金を渡してくれたのだ。あんな申請書が実在するわけがない。そう思い込んでいた。

だが、それは本当に失われていた。

働き出して三か月、日々に忙殺され約束のことなど完全に失念していた。

六月末、唐突に佐織から電話がかかってきた。

「まさか忘れてるんじゃないでしょうね。ちゃんと祝いに来なさいよ」彼女は冷たい声でそう言った。しかし、それでもまだ嘘だと思っていた。きっと、よりを戻したくなって、適当な口実を作っているのだろうなどとうぬぼれ、勘違いしていた。

七月二日の夜、仕事を早めに切り上げ、新幹線に乗って彼女の住まいを訪れた。熊本市内の印刷会社に事務職として採用され、一人暮らしを始めたと電話口で聞いていた。往復は面倒だが、会うことに抵抗はなかった。こちらも今のところ恋人はいない。

部屋にあがると、手始めに、無理やり「ハッピーバースデートゥーユー」を歌わされた。彼女は上機嫌で「自らの誕生日」を喜んでいる。ひどく道化じみていたが、こうでもしないとうまく振る舞えないのだろうと渕上は勝手に解釈した。二人でフローリングの床に座り、しばらくそんな「ごっこ」を続ける。

「今日、正式に新しい誕生日を迎えたわ。憧れの七月二日よ。本当に嬉しい。毎年こんなに素敵な一日が迎えられるなら、毎日の退屈な仕事にも耐えられそうね」彼女はまるで歌うかのようにそう話した。

「それはよかった」と短く返す。

「でも、渕上君は残念ね。誕生日がなくなっちゃうなんて。本当はあなたの日だったのに」

「別にいいよ。これまでもう二十二回も祝ったんだ。もう充分だ。なくなっても特に問題ない」適当に答える。

いつまでこんなお芝居を続けるつもりだ。復縁話を切り出すなら、そろそろ頃合いだろう。学生のときはすぐに破綻したが、やり直したいのであれば、拒否するつもりはなかった。

「そうかな」と彼女が首をかしげる。

「人間には一年に一日くらいは無条件で祝ってもらう日があるべきだと思う。だって辛いじゃない、生きるのって。でも、クリスマスとか正月とかはちょっと違うと思うの。あれは誰にでも与えられる祝福だものね。その人だけが特別扱いされる日がないと駄目なのよ、きっと」

「そうかもしれない」渕上はこの会話に飽きてきていたが、それでも調子を合わせた。

「それに、誕生日がないと、現実の生活でもけっこう不便だと思うわよ。いろいろな基準になる日でしょう。例えば自動車免許の更新って、誕生日の前後にやらなきゃいけないんだったわよね。それって誕生日がない人はどうなるんだろう。他にもいろいろ不都合がありそうよね。保険証の修正とかパスポートの申請とか。渕上君はどう？　もう何かあった？」

だんだん馬鹿らしくなってきた。以前の彼女はこんな白昼夢に浸るような女性ではなかった。むしろ、自分にも他人にも辛辣すぎるほど厳しい性格だったはずだ。だから、パチンコに熱中し抜け出せない恋人に怒り、許容できず、すぐに別れたのだ。渕上は渕上で、「自分ならこの人を更生させられる」と勝手に思い上がっている、相手の傲慢な姿勢が気に入らなかった。安易な気持ちで交際したのが間違いだったのだろう。互いが互いを傷つけただけに終わった。

「もう止めないか、こんな寸劇みたいなこと」

「寸劇？」佐織が不思議そうに聞き返す。

「ごっこはもう充分だ。話したいことがあるなら、早く本題に入ろう」

「本題って？」

苛立ちが募る。仕事を残してわざわざ熊本までやってきたのだ。体だって疲れている。こんなことで時間を浪費したくない。交際を求められたら応じるつもりだったが、彼女の態度を見ていると、やはり無理な気がしてきた。

「――もしかして、渕上君、まだ冗談か何かだと思ってるの？」

「冗談以外の何があるんだよ」自然と荒い口調になってしまう。

「これは冗談じゃないし、寸劇でもない。あなたは本当に誕生日を失ったのよ。なんなら住民票か戸籍を取り寄せて確認してみなさいよ。現実がはっきり分かるから」彼女は真顔でそう言った。

「大手の会社に入ったんでしょ。立派よね。でも、誕生日を売るような人だとバレたらどうなるかしら。どうせこのことは申告してないんでしょ」追い打ちをかけるように彼女が言葉を続ける。

「それは――」

「私の機嫌を損ねたら大変よ。会社に密告するかもしれない。最悪、解雇されるかもね」

渕上はひどく混乱し、しどろもどろに辞去の言葉を口にし、マンションを去った。彼女がどこまでも真剣なのが恐ろしかった。立ち眩みがし、倒れ込むようにタクシーに乗った。復縁どころではなかったし、そもそも彼女の方には最初からそんな気など微塵もないようだった。本当に新しい誕生日を見せつけたかっただけだったのかもしれない。

翌日、仮病を使い仕事を休んだ。行くべき場所があった。市役所だ。

戸籍抄本を請求すると、そこには「一月一日（譲渡による変更）」と記載されていた。こんな表記がありうるのだろうか。昨日から続くめまいが一層ひどくなり、とても立っていられない。

どうしても納得できず、渕上はよろめきながら立ち上がると、窓口の職員に、これは何かの間違いではないか、と書類を差し出した。本当は七月二日なんです、と。若い女子職員は抄本を見て驚き、口ごもった。やはりたまたま記載ミスだっただけなのかもしれない。

「申し訳ないですが、もう一度確認して、出し直してもらっていいですか」渕上は極力感情を抑え、そう伝える。

「これは、その――」

「間違ったままじゃ使えないでしょう。困るんです」

「……少々お待ちください」顔を引きつらせた職員は、そそくさとカウンターから離れていった。

奥で眉をひそめながら上司らしき中年男性に相談しているのが見える。渕上は自身でも理解できないほど腹が立っていた。

「お待たせしました」彼女の代わりに、さきほど相談を受けていた中年職員がカウンターに来た。胸のネームプレートの「戸籍課課長 島崎」と書かれている。

「あの――」渕上が話を切り出そうとすると、相手がそれを遮って話し出した。

「これは誤植ではないし、手違いなどでもありません。失礼ですが、あなた、身に覚えがあるでしょう」予想外に相手は強い口調でそう言ってきた。

「えっ？」出鼻をくじかれ、言葉に詰まった。

「あなたは確かに七月二日を、誕生日を譲渡されています。申請書は正式に受理され、すでに裁判所の許可を受け、遅滞なく処理されています」

「そんなこと、……できるはずがない」

「できます。できるから、こう記載されているんです」相手は断言する。

「でも――」

「稀にですけどいるんですよね、こういう方が。事情は分かりかねますが、もし軽い気持ちで誕生日を他人に譲渡したのなら、あなたは恥じるべきです。恥じて、後悔すべきです。あなたが生まれ、ご家族や友人に祝ってもらってきた大切な一日はもう失われたのです。ご両親はこのことをご存知ですか？　打ち明けることができますか？　できないでしょう。何も知らない友人から、臆面なく七月二日に誕生日プレゼントを受け取ることができますか？　手続き上の話をすると、便宜上は記載されているとおり一月一日があなたの誕生日代わりになります。元旦に年齢が加算され、各種計算が行われます。自動車免許も、次回更新時に一月一日生まれに変更されます。しかし、それはあくまで便宜的なものであって、決して本当の誕生日ではありません。もうあなたに誕生日はないのです。以上ですが、何か他に質問はありますか？」

周囲に聞こえるように言われ、居たたまれず渕上は市役所から走って逃げ出した。なぜ一方的に責められなくてはならないのだ。人前でこんな辱めを受けないといけないのだ。

チューニングが合わないラジオのように思考が混線し、物事の整理がつけられない。誕生日がない。本当に失ったのだ。このことでどのくらいの不利益が発生するだろうか。人間は腎臓を片方売っても、戸籍を売っても、一応は生きられる。では、誕生日はどうだ。

佐織の言うとおり職場に知られるわけにはいかないし、親にも言えない。ギャンブル狂いが収まって、ようやく更生したと安心させることができたのだ。もうこれ以上失望させられない。

強固だと思い込んでいた足元の地盤は、実際にはひどく脆いものだったことに気づかされる。あのとき、もう少し深く考えるべきだったのだ。

しかしそれでも、こうなることが分かった上であの日に戻られるとしても、やはり自分は彼女の条件を呑むだろう。あのときは選択の余地などなかった。

その日のうちに渕上は二つの指針を固めた。一つはストイックに生きること。もうこれ以上何かを失う訳にはいかない。自分を誘惑し、堕落させるすべてのものを徹底的に排除すると決めた。

もう一つは七月二日を取り戻すこと。欠落したままの状態は耐えられないし、社会的にいつどんな問題が起きるかも分からない。今は延々と綱渡りを求められるようなものなのだ。だが、そんな芸当をいつまでも続けられるはずもない。どこかで少しでもよろけたら人生が終わる。

どんな手を使うこともためらわない。佐織から返してもらうか、人から奪うか。後者は同じ誕生日の者を見つけ、なおかつ接近する必要があるので、自力ではどうしようもない部分が大きかった。それでも、幸運が巡りこんでくるまでに準備を整えておくことに決めた。何年待っても、もしかしたら死ぬまで機会は巡ってこないかもしれない。それでも渕上は覚悟を決めた。

そうして出会ったのが林さんだった。

*

夜の十時過ぎ、部署に一人で残って仕事をしていると、フロアの向こうから林さんが顔を覗かせた。渕上はクールビズの軽装だったが、営業の彼は夏でもきちんとネクタイを締めている。

「まーた残業してるのか」

「捌けない奴なんで、すみません」渕上はディスプレイから顔をあげ、そう答える。

「謙遜すんなって。もう部署の実質的リーダーになってるって評判だぞ」と彼は笑う。

「そんなことないですよ」

林さんは脇に書類を抱えていた。彼もまた遅くまで残るつもりらしい。仕事の顔とギャンブル狂の顔、それをスイッチのように使い分ける能力を持っているのだろう。だが、それも徐々に狂い始めているはずだ。そう思うと密かに高揚した。

「そういえば、先週はどうだったんですか？」さりげなく切り出す。

「おう、そうそう。お前が言ったとおり、誕生日のおかげか馬鹿勝ちしたよ」と嬉しそうに顔をほころばす。

予想外だった。まさか勝っていたとは。彼をどん底に転落させる計画なのに、偶然にせよ大勝されては困る。思わずため息をつきそうになるのを、渕上はすんでのところで堪えた。

それでも、勝ち続けて終わることは決してない。ギャンブルはそれがどんな種類のものでも最終的には胴元が儲かるように仕組まれている。林さんだって当然それは理解しているはずだ。運よく勝ったのであれば、そこですっぱり縁を切ってしまうのが正解だ。だが、裏カジノの中毒性は尋常ではない。レートの高さ、選ばれた者だけが入場できる特権意識、違法行為に手を染めているというスリル。そんな要素が人を狂わせる。負けが込み始めても、あの世界を知ってしまった者はもはや後戻りなどできない。むしろ、今回の大勝が余計にのめり込むきっかけになるかもしれない。そう信じ、気持ちを静めた。

あと半年、いやもっとかかるかもしれないが、いずれにせよ林さんが転落するのは間違いないはずだ。そのときに救いの手を差し伸べる。あのときの佐織の役割を、今度は自分が果たすのだ。そうすれば七月二日を手に入れることができる。

ともかく、林さんの動向には注視しておかなければならない。タイミングを失えば、助けようがないほどの借金を背負ってしまうかもしれない。あるいは知らぬ間に会社を辞めるかもしれないし、最悪、自殺の恐れだってある。彼のような人間が落ちぶれたり、惨めに懇願してくる姿など目にしたくはないが、そうなってもらわないと終わらないのだ。竹下にも、彼がどのくらい注ぎ込んで、いくら失ったのかを逐次連絡するよう依頼しておこう。

案の定、二週間も経たないうちに再度誘われた。しかし、今回も体よく断った。彼はもう一人で入店できる。自分がいたら抑止力になってしまう可能性がある。

週明け、社内の通路ですれ違った際に、林さんに結果を聞いた。

「今回は駄目だったよ。いや、最初は調子よかったんだけどさ。だんだん負けが込んできて、最後には結構突っ込んで痛い目に遭った。東京の嫁にばれたら大変だよ」彼は、周囲に他の社員がいないことを確認してから小声でそう答えた。

「散々でしたね」渕上は同情するように返した。

「まったくだ。もう懲り懲りだな。この前勝った分を全部吐き出したどころじゃない。情けないけどしばらくは昼飯抜きだよ」

「昼食代くらい自分が出しますよ」

「よせよ。そっちのほうがもっと情けないって」

「でも、店を紹介した責任があるし」

「別にお前が悪い訳じゃないだろ」

「それなら、今度うっぷん晴らしに呑みにでもいきましょうよ。いつも奢っていただいているので、たまには自分が払いますから」

「ああ、そのうちな。今から会議だから、またな」そう言って林さんは廊下を歩いていった。こころなしか、いつもより背中が小さく見える。

彼の姿が見えなくなるまで笑みを押さえるのに苦労した。ああは言っているが、もはや彼がギャンブルを止めることはないだろう。今度こそ深みにはまった手ごたえを感じた。数か月もすれば、きっとまた店に行くはずだ。

*

一年が経った。

綱渡りは今も続いている。時間はまるで地球の自転のようで、ぐるりと一周回ったところで何も変わっていない。フルマラソンは計画どおり完走したし、仕事で任される裁量も増えた。しかし、それがどうしたというのだ。そんなことに意味などない。進展のない日々は、渕上の精神と胃を痛めつけ続けていた。

林さんはしばらくしてギャンブルを再開したが、思いのほか慎重で、大負けすることが少なくなった。一度は嚙み合ったはずの歯車がなぜかうまく回らない。ときには渕上がつきあい、脇からそれとなく煽ったりしてみたが、我を失って大金を注ぎ込むことはほとんどなかった。どういう心境の変化だろう。店側としては少額をちまちま賭けるような客に用はない。そういう輩はパチンコか競馬場にでも行けばいいのだ。それでもまだ店内に通してくれているのは竹下のおかげだろう。だが、それもいつまで続くかは分からない。

そして、今年も佐織のマンションを訪れた。もう四回目になる。

何を言っても無駄なことくらい分かっているが、それでももしかしたら気まぐれで誕生日を返してくれるのではないかと期待してしまう。だが、結局は感情を乱され、怒りと後悔を胸に部屋を飛び出ることになるのだろう。これもまた繰り返しだ。

今年の佐織は部屋着やリラックスした格好ではなく、きちんとしたジャケットにスカートという服装だった。仕事から帰宅したばかりらしい。メイクも少し変えたのか、昨年よりずっと大人びて見える。そんな姿に渕上はいくらか動揺した。しかし、自分たちはもう二十六歳になるのだ。きっと真っ当な変化なのだろう。

「ついこの間、渕上君に会ったばかりな気がするのに、もう一年経ったんだ。早いね」

彼女もまた同じようなことを感じているようだった。

「本当に早いな。一日一日は確かに存在してるけど、あとで振り返ると、まばたきする一瞬くらいに感じるよ」

「それは言いすぎじゃない」彼女は小さく笑った。

「いや、冗談じゃなく、本当にそんな感じなんだ」

「それで、その一瞬で過ぎた一年間はどうだった？」彼女は受け取った花束を花瓶に移しながらそう聞いてきた。

「何も変わらないよ。平日は仕事をして、休日はジョギング。雨の日は読書をして過ごしてる」

「それじゃ本当に去年と一緒じゃない。まるで修行僧ね」彼女は呆れてそう言った。

「何か新しいことを始めようとか思わないの?」

「そんな気にはなれない。偽の誕生日のままじゃ目立つことはできない」

「そんなに気にすることかな?」

「当たり前だろう」語気が荒くなりそうになるのを押し留める。「誕生日を記載する必要がある書類は何も書けない。クレジットカードの加入も、レンタル店の会員証も、何もかもだ。どこで足がつくか分からないからな。会社や親にバレたら終わりだ。なにより、自分自身が一月一日なんて仮初めの日を書く気になれない。それに――」

「もういいわよ」うんざりしたように彼女は言葉を遮った。

佐織自身も、今日はどことなく誕生日の話には触れたくなさそうだった。口論になるのがもう面倒なのかもしれない。何年も平行線で、同じ話ばかり繰り返しているのだから無理もない。

「そういう佐織はどういう一年だったんだ?」いつも質問ばかりされている。たまには聞き返してみることにした。

「私はちゃんと新しいことを始めたわよ。料理教室に陶芸体験、海外旅行にも行ったし」

「充実してるんだな」嫌味でなく、渕上は素直にそう言った。

「どうかしらね。いろいろしているから毎日が楽しいって訳でもないし、結局習い事はどれも長続きしてないしね」彼女の顔に浮かんだ表情は明るいものではなかった。

そうして、三十分ほどで「面会」は終わった。彼女が核心に関わる話を避けたせいか、言い争いにはならなかったものの、代わりに返還を迫ることもできなかった。嫌がられてもこちらから触れるべきだったのだろうが、今日はなぜかそんな気になれなかった。

*

十月末、社内通路に設置されている自動販売機の前で林さんを見つけた。薄手のコートを羽織り、ホットドリンクを買っている。

「お疲れ様です」渕上が声をかけると、まだ疲れてないけどな、と笑いながら返事をしてくれた。

「今日は寒いな」

「もう冬が近いんですかね。なんだか社会人になってから、季節が過ぎるのがすごく早くなった気がします」

「齢を取ると皆そうなるんだよ」

「そうなんですか？」

「ジャネーの法則とかいったかな。心理学でそれはちゃんと証明されてるんだ。俺なんて一年が一か月くらいに感じるよ」と笑った。

「今から外回りですか？」

「ああ、今日もスケジュールぎっしりだ」

「さすがですね」

「頑張らんとな」

「いつも頑張っていらっしゃるじゃないですか」

「もっと成績を上げなきゃいけない理由が、できたからな」

「理由？」

「子どもができたんだよ」

「えっ？」

「変な感じだよな。俺に子どもなんて。まだ自分がガキみたいなもんなのに」と彼は照れたように笑う。

「ただ、まだ安定期じゃないから、会社には秘密にしといてくれよ」

とっさに言葉が出てこなかった。顔が硬直して唇が動かない。

「どうした？」林さんが不思議そうに聞いてくる。

「……じゃあ、もうギャンブルは卒業ですか？」重い石の礫を吐き出すように渕上はそう聞いた。

「何言ってんだ。俺の楽しみを勝手に奪うなよ」と彼は笑った。

合点がいった。最近、妙に手堅くなっていたのは子どものせいだったのだ。これから東京に帰る頻度は増えるだろうし、将来に向けて貯蓄もしていくのだろう。これでは破滅させられない。

「何、難しい顔をしてんだよ。ちょっとは喜んでくれよ。俺にジュニアが誕生するんだぞ」

「いや、嬉しいですよ。でも、びっくりして」動揺を隠し、詰まりながら答えた。

「俺もまだあんまり実感ないけどな」

「――おめでとうございます」

「言うのが遅いよ」彼は笑う。

通路を歩く彼の後ろ姿は跳ねているようにも映った。心底嬉しいのだろう。おぼろげに見えていた綱渡りのゴールが、一瞬にして消えた。

早急に別の手段を考えるしかない。ターゲットを変えるべきだろうか。全国に散らばる社員の情報は入手しているので、その中から七月二日生まれを探すことはできる。だが、どうしても気が進まない。顔も背景も知らない、ただ誕生日が同じだけの人間を陥れることが自分にできるだろうか。いや、よく知っている人間にそうしようとしていたほうがよほど酷い行為だったのかもしれない。迷い犬のように自動販売機の前をうろつく。混乱が収まらない。

三月に入り、人事異動が発表された。林さんが翌月から東京に戻ることとなった。元々本社の人間なので呼び戻されることは充分あり得る話だが、渕上にはやはりショックだった。奥さんの妊娠も関係しているのかもしれない。

林さんはあれからヘウレーカに顔を出さなくなったようだ。もっと自分が徹底して追い込んでいたら、もう少し時間があれば、あるいは子どもができなければ、彼から誕生日を奪うことができたはずだ。だが、それはもう叶わない。

人事が公表された後、林さんが個人的に食事に誘ってくれた。職場から遠くない居酒屋で、これまで二人で何度も通った店だ。

「お前のおかげで楽しい単身赴任生活が送れたよ」と彼は感謝の言葉を口にした。

「でも裏カジノのことは二人だけの秘密だからな、ばれたらお互いの出世にも関わるしな」と言い、いたずらっ子のように笑みを浮かべた。

「誰にも言いませんよ」渕上は生真面目に答える。

店内のざわつきが不安定な感情を揺らす。あと一月もしないうちに、この人は目の前からいなくなってしまうのだ。

「でも、寂しくなります」

「俺も一緒に悪さする仲間がいなくなって残念だよ」

「でも、あっちでも悪さするんでしょう？」

「いやいや。きっと東京のどこかにもああいう店はあるんだろうけど、ツテがないからな。それにあっちには嫁さんもいれば、生まれてくるガキもいるし。ああ、これで俺も遂につまらんおっさんの仲間入りか」と彼は大げさに嘆いた。

「まだ若いつもりだったんですか？」

「当たり前だろ」

「いや、林さん、前から充分おっさんでしたよ」

「うるさいよ」と彼は笑い飛ばし、「とにかく、渕上はもっと遊べ。お前はまだ老け込む年齢じゃないだろ。せっかくの人生だ。目いっぱい楽しめ」と叱咤し、ビールを一気にあおった。

演技でなく、久しぶりに酔った。それでも真実を明かすような愚かな真似はしなかったし、最後まで友好的に酒を酌み交わした。偽りだとしても、彼の前では紳士であり続けたい。意図があったとはいえ、職場の人間でこんなふうにつきあえるのは林さんだけだった。愉快な思い出もたくさんある。今後、顔を合わせる機会はほとんどなくなるだろう。もしかしたらもう一生会えないかもしれない。

陥れなくてよかった。

アパートに戻る頃には心底そう思えるようになっていた。彼は決して悪人などではない。面倒見がいいし、仕事だってできる。ギャンブルに対してもぎりぎりのところで理性を保ち、自らと家族を破滅に導くことはしなかった。自分とは違う。尊敬できる、立派な人だ。固執せずこのまま別れるのが最善なのだろう。

竹下に連絡し、もう林さんの動向を報告しなくていい、と伝えた。竹下は何も聞かずに、あそうか、とだけ答え電話を切った。竹下もまた重荷を背負い続けている。誕生日を売ったことまでは知らないだろうが、友人を危うく路頭に迷わせようとしてしまったことをいまだに悔いている。竹下は何も悪くない。もう彼を縛りつけるのもやめないといけない。

インターネットを使って新たな標的を探すこともできる。検索をかければ、七月二日生まれの者のブログやSNSが多く引っかかる。そんな彼ら、彼女らにアプローチするのだ。そして、罠にかけ、苦境に追い込み、交換条件を手に救いを差し伸べる。労力はかかるだろうが、うまくいけば儲けものだし、成功しなくても社内の人間を狙うよりリスクは少ない。

嫌だ。

もうそんな真似はしたくない。心の内で何かが激しく暴れ、抗う。そして、ジェンガのように唐突に崩壊した。本当に短い間の、急激な変化だった。大学生のあのとき、パチンコ屋の前では一滴もこぼれることのなかった涙が、今はとめどなく溢れている。林さんの誕生日を奪っても意味などない。他人のそれを盗み取っても、相手を不幸にするだけだ。

七月二日、渕上は仕事が終わると新幹線に飛び乗り、佐織のもとに向かった。そして、すべてを打ち明けた。誕生日を取り返したかったこと。職場の先輩から奪う計画。そして、心情の変化。

夜の海に浮かぶ島のような小さなテーブルで、渕上は一人長く話し続けた。お互い残業した後だったので、もうすぐ日付が変わりそうだ。それでも、彼女は黙って話を聞いてくれた。その視線にはしっかりとした落ち着きが伴っていた。

「結果的に失敗したけど、それで良かったのかもしれない。別に今さら善人ぶるつもりはないけど、自分なりにいろいろ考えたんだ。結局、林さんの七月二日は彼の誕生日であって、それを奪ったところで自分のが戻ってくるわけじゃない。彼が所有している誕生日なんていらない。俺が子どもの頃に親や友達に祝ってもらった誕生日は、彼が持つ七月二日じゃないんだ。だから、きっと失敗して良かったんだ」渕上は早口でそう語った。

こんな話ができるのは、理解してくれるのは、佐織しかいない。

「もう他人の誕生日を狙うのは止めた。そんなこと意味がないんだ」渕上は続ける。「自分には欠落があるし、いつかそこから綻びが生じて何もかもが破綻してしまうかもしれない。でも、それでもかまわない。諦めたわけじゃないけど、今はそう思ってる。怯えながら生きるのは今でも嫌だけど、それも全部抱えていかなきゃいけないんだ」

「……渕上君、ずいぶん大人になったね」佐織がゆっくりと口を開く。

「そんなことは——」と答えかけて、渕上は言い直した。

「いや、そうかもしれない。誕生日を失って、機械的に年齢を重ねるだけでも、いくらかは成長はするみたいだ」

「お互い、今年でもう二十七歳だものね。つきあってたときから六年が過ぎたんだよ。なんだか信じられないね」

「六年か。確かに」

「その間、渕上君は変わった。もちろん良い方向にね。ギャンブルときっぱり縁を切って、節制して、人を陥れることもやめた。もう立派な社会人だね。ちょっと立派過ぎるくらいだけど」彼女はそう言って頬を緩めた。

「そんなに褒められると後が怖いな」と渕上も笑う。

「別に他意はないわよ」

「でも、佐織も変わったよ」

「どんなふうに？」

「昔の尖った感じがなくなった。丸くなったというのとはちょっと違うけど、少なくともとっつきにくさは感じない。人を許容できる幅ができたというか。とにかく、以前とは違う」

「まあ、社会に出たら我を通してばかりはいられないものね」

「……それに、前よりずっときれいになった」渕上は視線を外し、小さくそう言った。

「あら、ありがとう。なんだか古いヒット曲の歌詞みたいね」そう言って彼女は笑う。

「茶化すなよ」

「口論しても怒鳴っても誕生日を返してもらえないと判断したら、次はおだて作戦？」

「そんなんじゃない。素直な感想だよ」と渕上は口を尖らせる。

「それに、誕生日の件は百パーセント自分に非がある。佐織は何も悪くない。……正直言えば、憎しみに似た感情をずっと抱えてはいた。それは確かだ。でも同時に、感謝の気持ちを忘れたこともない。深い沼に沈みかけていたのを、あんな方法ではあっても引っ張り上げてくれたんだ」

「本当にどうしたの、今日は」佐織が驚く。

「本音だって」

「そう、本音なのね」

「ああ」

渕上が頷くと、しばらく間を置いて今度は佐織が話し出した。

「じゃあ、私も本音で。……あのときは意地悪な気持ちがなかったと言えば嘘になるし、七月二日が欲しかったというのも本当。それに、もし単純に五十万円を貸すか、あるいは気前よくあげたとしても、きっと渕上君は更生なんてしなかったでしょう。すぐに元の木阿弥よ。あなたはギャンブルに憑りつかれていたからね。ありえないペナルティを与えれば、立ち直るきっかけになるかもしれないって、とっさにそう考えたの。別れた恋人に対してそこまでしてあげる道理もなかったんでしょうけど、あなたの無軌道ぶりはずっと気になっていたし。それに、あのとき偶然にせよ会ってしまったからね」

「おかげで人生を台無しにせずに済んだ」

「じゃあ、どちらかといえば、私は良いことをしたのかな？」

「ああ、もちろん」

「実は、去年くらいから『もう返してあげてもいいかな』って考え始めていたのよ。別に情にほだされた訳じゃないけどね。でも、まだ少し不安だった。本当に真っ当な人間になったのか、どうしても確信がもてなかった」

「……」

「今だから言うけど、誕生日を引き受けたのは重荷でもあったのよ。人から一番大切な一日を奪い取ったんだから。罪悪感も覚えたわ。それがどんどん辛くなってきて。渕上君の苦しみは毎年の会話から想像できたし。私だってもう手放してしまいたかった。でも、切り出せなかった。心の底から真に信用できるまでは無理なんだと悟ったわ」

「……佐織まで苦しめることになって、すまない」渕上は頭を下げた。

「だから、今日、返そうと思うの」彼女はにっこりと笑みを浮かべ、そう言った。

「え？」

佐織は微笑んだままこちらを見つめている。

「……信用できる人間になったということか？」

「そうね」彼女は頷く。

「でも、俺はまだ自分のことをそこまで信じていない」

「もっと自信をもちなさいよ」彼女は静かに笑う。

「本当に返してくれるのか？」

「かまわないわ。もう七月二日の誕生日は充分堪能したもの」今度は苦笑いになった。

「じゃあ、俺もお金は返す」

「そういうのはもういいの。貸したわけじゃないんだから」

「いや、けじめだから。実は、ここに来るときはいつも五十万を持ってきてるんだ。だから今すぐ渡せる」

「えっ、毎回そんな大金を持って福岡から来てたの？　危ないわよ」佐織が驚く。

「でも、これで持ってこなくて済むようになる」

「それはもう会いに来てくれないってこと？」

「そういう意味じゃない」慌ててそう答えると、佐織は意地悪そうに笑った。いつだって彼女のほうが一枚上手なのだ。

「返還のための申請書は去年から準備してたの。私の分はもう書いてるから、よかったら渕上君もここで書いてよ」

「ああ」

「印鑑もいるけど、持ってきてる？」

「……いや」

「身分証のコピーも必要だけど、免許証は？」

「それもない」

「何よ、肝心なときに駄目ねぇ。お金は持ってきてて、免許証はないなんて」彼女は呆れたように笑った。

「誕生日の部分を他人に見られたくないから、持ち歩かないようにしてたんだ。タンスの中にしまいっ放しにしていて、ハンドルも握らなかった」

「じゃあ、これからは堂々と運転できるわね」

「たぶんね」と渕上は応じる。

「想像してみて。渕上君は部屋に帰ってタンスの奥から久しぶりに免許証を引っ張り出すの。埃を被ったそれを免許センターに持って行って交換してもらう。すると、そこには本当の生年月日が戻ってきている。どう、ワクワクしない」彼女はまるで自分のことのように楽しそうに話した。

「ああ、きっと嬉しいだろうな。ずっと願ってたことだから」

「じゃあ、今度お祝いにレンタカーでも借りてドライブに行きましょうよ。私、あの大吊橋にまだ行ってないんだ。渕上君、覚えてる？」

「もちろん覚えてるよ。お互い楽しい記憶ではないだろうけど」

「ひどかったもんね」

「ああ、あれはひどかった」彼女は笑う。

「次はきっと楽しくなるわよ。二人とも少しは成長したはずだから」渕上も笑い返す。

「でも、行ったらまた強風で入場禁止になってるかもしれない」と渕上が言うと、

「そうね。そして、名物料理屋は閉まっているかもしれない」と佐織が返す。

「ガス欠になってＪＡＦを呼ばないといけなくなるかもしれないな」

深夜のテーブルで二人は向き合い、そう笑い合った。壁に掛けられた時計を見ると、すでに十二時を回っていた。

エスケイプ

太い茎に腕をぶつけてもかまわず、転倒しても起き上がり、走って走って、どこまでも走った。昼でも薄暗いトウモロコシ畑の中で、自分の荒い呼吸と葉をかき分ける音だけが連続する。もっと早く、もっと遠くまで。

どれくらいの時間走り続けているのか見当もつかない。背丈より高いトウモロコシの葉に覆われ、太陽の位置さえ分からない。何千万本もの茎が一メートル先の視界さえ奪っていて、方向感覚を狂わせる。もしかしたら、知らぬ間にオールビー家の方向に戻ってしまっているのかもしれない。

にわかに強い風が吹き、巻き上げられた砂埃を吸いこんでしまった。激しく咳き込み、私はそのままへたり込んだ。体力の限界だった。呼吸が苦しく、汗まみれの肌に乾いた土がまとわりつく。どこかで挫いた右足が途端にじくじくと痛み出した。

周囲には草いきれに似たむっとした匂いが充満している。四千エーカーあるこの広大な畑で、私一人を見つけることはまず不可能だろう。農薬散布用の飛行機を使って捜したとしても、今みたいに屈んでしまえば視認されることはない。トウモロコシ畑は日本にいたときから一貫して私の味方だった。それでも不安を完全に払拭することはできなかった。Ｍｒ．オールビーやテレンスが巨体を揺らして追ってくるのではという恐怖感。風で周囲の茎がさわさわと揺れるたび、彼らがやってきたのかと錯覚し怯えてしまう。

捕まったらどうなるだろう。暴力を振るわれるだろうか。日本に突き返されてしまうかもしれない。ああ、きっとそうだ。「アルモラルの王」を自称するＭｒ．オールビーが、自分の不利になるような愚かな行為をするはずがない。

苦労して手にした留学の機会をふいにしてしまうなんて、私は馬鹿だ。強制送還されたら、親の畑を継がなければならない。宮崎の田舎も、畑仕事も大嫌いだ。

ひどく喉が痛む。アイオワ州の空気はいつも乾燥していて、気管がひっついてしまいそうだ。Ｍｒ．オールビーから強引に煙草を吸わされたときよりも強い痛みを感じる。水が飲みたい。

水分。

ふと閃き、目の前のトウモロコシを一つもぎり皮を剝くと、生のままかぶりついた。今は農薬のことなど気にしていられない。熟しきっていないコーンは固く、青臭かった。食用に栽培されたものでないのだからおいしくないのはしょうがない。ここのトウモロコシは全てバイオマスエタノールに加工される。味など誰も気にしない。

コーンの粒を飲み込むのが困難なので、汁だけ吸ってカスは地面に吐き捨てた。水分が少ないので、二本、三本と続けてもぎり、なりふりかまわず吸い尽くす。

Ｍｒ．オールビーのような最低の人間に会ったことがない。下劣で、拝金主義者で、支配的だ。家族以外の者はほとんど人間と見なしていない節さえある。オールビー家をホームステイ先に選んだのは、実家と同じくトウモロコシを扱っている農家で、本場の大規模農業を学ぶという大義名分が必要だったからだ。ホストファミリーの経験も豊富で、常に数人の留学生を受け入れているという安心感もあった。

だが、オールビー家で「ファミリー」として扱われることは決してなかった。ダッド、マムと呼ぶことは許されず、家長は「Ｍｒ．オールビー」。妻は「Ｍｒｓ．オールビー」だった。彼らの一人息子に対してもテリーなどと愛称を使うことは当然禁止で、どんなときであろうともテレンスと言わなくてはならなかった。

部屋は四つある離れの一番小さい棟をあてがわれ、メキシコと中国からの留学生とシェアして暮らさなければならなかった。食事もホストファミリーとは別で、彼らが食べ終わった後に、黒人の家政婦が残り物を運んできた。

朝五時前に起き、他の従業員とともに牛に肥料を与え、糞を片づける。家畜の餌はトウモロコシの葉やコーン粒の絞りかすなどで作られている。機械でできない軽作業を午前中いっぱいやった後、昼食。そして、夕方までまた作業だ。留学に来たはずなのに、ただの労働力としかみなされていない。九月になり、こちらの大学が始まるまでこんな生活が続くのかと思うとぞっとした。斡旋した日本の会社に不満を伝えようにも、パソコンや携帯電話の使用は厳しく制限されていた。

炊き立てのご飯の匂いがした。

顔をあげ慌てて嗅いでみるが、植物の青臭さしか匂わない。知らぬ間に眠ってしまっていたのか、地面に横たわっていた。首筋を二インチくらいの蜘蛛が這っていたので摑んで放る。オールビー家では白米なんて出ないし、炊かれたとしてもここまで届くはずもない。

我に返ると、すぐに現実が戻ってくる。ここは広大なトウモロコシ畑のどこかで、自分は非常に困った状況に追い込まれている。一寝入りしたことで体力はいくらか回復したが、事態は何も好転していない。右足を見ると、くるぶしが赤く腫れあがっていた。

日が暮れ、周囲は一層暗くなっていた。足の痛みをこらえ、茎を杖代わりに立ち上がってみたが、東西南北どの方向にも光源は見当たらない。きっと相当な距離を走ったのだろう。ただ、照明一つないとはいえ、覆い重なるトウモロコシのフィルターを通してかすかに月明りは届いていた。小さいときから闇には慣れている。

手近なトウモロコシをもぎり、もう一本かぶりつく。喉の渇きは収まっておらず、今は空腹も感じる。だが、この未成熟な穀物はとても食べられたものではない。下半分ほどを残し、芯を捨てた。

なんとか道路まで出て、親切な人に拾ってもらうしかない。いつまでも畑の中に隠れ続けることはできない。Ｍｒ．オールビーの息がかかっていないアメリカ人を探すのだ。それ以外にできることはない。この土地には、彼に反発を覚えている者も少なからずいるはずだ。

右足をかばいながら歩こうとしたが、無理だった。けんけんで進むことさえできない。折れているのかもしれない。

畑の真ん中あたりまで来ているのだと仮定したら、どの方向にまっすぐ進んだとしてもあと五マイル以上歩かなければならない。そんなこととても無理だ。この足ではもう十ヤードも進めそうにない。

その場に再びへたり込む。今にも涙をこぼしてしまいそうだったけれど、体内の水分を余計に消費しないよう我慢した。

昼に比べずいぶん気温が下がってきていて、今は少し肌寒い。羽虫のような小さい何かが腕に張りつき、そのたびに追い払わなければならない。

せめて長袖を羽織ってくればよかった。

せめて昼食をとってから逃げ出せばよかった。

せめて水筒の一つでも引っ摑んでくればよかった。

後悔ばかりが浮かんでくる。あのとき、そんな余裕などなかったことは分かり切っているのに、どうしても悔やんでしまう。

昼食前、理由もなく母屋からテレンスがこちらにやって来た。珍しいことだ。赤髪のテレンスは機嫌良さそうに口笛を吹いている。メキシコ人のモニカと中国人のマーが視線を伏せ、静かに席を外す。新参者の私は意味が分からず、二人に倣おうとしたが、テレンスが「お前はそのままでいい」と高圧的に言った。

緊張したままテーブルに座る私の背後からテレンスが両肩に手を置いた。その瞬間、スタンガンを当てられたような錯覚を覚えた。とっさに相手の腕を払い、突き飛ばし、部屋を飛び出した。背中越しに何か大きな声をかけられたが、聞きもせずトウロモコシ畑に飛び込んだ。汚い罵り言葉が響くが、止まらず走り続ける。逃げなくては、という防衛本能だけが脳内を支配していた。

あれは何だったのか。想像したような悪い行いの前兆だったのだろうか。もしかしたら、彼特有の馴れ馴れしさからきた単なるコミュニケーションの一つだった可能性はないか。私はそれを勘違いし、過剰に反応してしまったのかもしれない。

真実はもう分からない。もし保安官に保護されて、私がことの経緯を説明しても、テレンスは真っ向から否定するだろう。もちろんMr．オールビーも怒り狂って反論するに決まっている。彼らは保安官ともうまくつきあっている。島国から出てきたばかりの、英語もおぼつかない小娘の意見など聞きいれられるはずがない。

思わず両手で顔を覆う。

誰かと話したい。相談か、せめて愚痴を聞いてくれる人が傍にいてほしい。これ以上一人でいたら頭がおかしくなる。妄想でかまわないから話し相手がほしい。

お母さん、高校のとき親友だった祐子、アルバイト先で親切にしてくれた西山さん。誰でもいい。信頼できる人間が、視界の向こうからトウモロコシをかき分けて歩いてきてくれる姿を想像した。

だが、どれだけ念じても、誰もやってこなかった。宮崎からあまりにも遠く離れすぎてしまったせいか、お母さんも、祐子も、西山さんもどんな顔で、どんな人物だったかうまく思い出せない。

この際、モニカかマーでもかまわなかったが、彼女たちを登場させることもできなかった。同じ屋根の下で生活していても、私は二人のことをほとんど何も知らなかった。自分には、想像の世界ですら手を差し伸べてくれる者はいない。

誰でもいい。助けて。

私は目をつむり、強く、強く祈る。

そのとき、近くに投げ捨てていたトウモロコシの芯がむくりと起き上がった。

「大丈夫かい?」男の声で、トウモロコシがそう聞いてくる。

はは。

思わず乾いた笑いが漏れる。いくら何でもこれはひどい。話し相手はせめて人間であってほしかった。私はこの程度のキャラクターしか呼び出すことができないのか、と自らに失望する。

「そんな顔するなよ。元気を出すんだ。ここから逃げたいんだろう」トウモロコシがそう励ましてくる。達者な日本語だ。話すとき、反動で芯が左右に揺れる。

「……あなたは私を助けてくれるの?」

「おいおい、トウモロコシの食べ残しに過度な期待はよしてくれ」相手は軽い口調でそう答える。

「そうよね」もっともだ。

「それでも、いないよりかはマシだろう?」

妄想の産物だと理解できているから抵抗は感じない。せめてパペットみたいに目と口でもあればいくらか親近感も湧くのかもしれないが、顔どころか手足すらない。芯が直立しているだけだ。

「足は痛むかい?」

「ええ、とても」

「どれ、見せてごらん」

私は自分が食べ、放り捨てたトウモロコシに向かって右足を差し出す。

「かなり腫れている。すぐ処置したほうがいいが、……今ここでは無理だろうな」

いちいち説明しなくても私が置かれている状況を理解してくれている。話が早くて都合がいい。

「ひとまず固定だけでもしておいたほうがいい。茎から長めの葉を何枚か取るんだ。テーピング代わりに使える」

彼の言葉に従って、手の届く範囲にある葉を四枚ほど毟《むし》りとった。足首に当てるとひんやりして少しだけ心地よかった。彼が固定の仕方を教えてくれたので、指示されたとおりに葉を巻きつける。

「よし。じゃあ、立ってごらん」

「でも――」

「きっと大丈夫」

トウモロコシに励まされ、私は茎に摑まりながら恐る恐る立ち上がってみる。

痛みがずいぶん軽減されている。これならゆっくり引きずりながらであれば歩けそうだった。

捻挫の応急処置法など私は知らない。それなのに、不思議なことにこのトウモロコシは適切な指示を出した。

「どの方向に進めば、この畑を出られるの？」

「西に向かうのが一番近いだろうね」

「どっちが西なのか分からない」

「君が今まさに向いている方向だよ」

「こっち？」私は指さす。

「そう」

「本当ね？」

「嘘をつくはずないじゃないか」

それはそうだ。

「どれくらい行けばいいの？」

「三マイルくらいだね」

三マイル。その距離に気が滅入り、歩み出そうとした足が止まる。トウモロコシの芯は、そんな私の弱さを責めることなく、じっと立ち尽くしていた。

無言のまましばらくトウモロコシと向かい合う。呼び名が欲しかったので、私は勝手に彼のことを「ワイズマン」と命名した。

「Ｍｒ．オールビーは、私のことをまだ捜してるかな？」

「もちろん捜しているさ」

「こんな時間でも？」

「ああ。従業員たちを総動員して捜索し続けている。『あの女を見つけるまで寝られると思うな！』って唾を飛ばして怒鳴っているよ」

「見つかっちゃうかな？」

「可能性は低いだろう。もちろん、0パーセントではないけれど。なにせこの広さだ。君が住んでいた西都市にあるトウモロコシ畑全てを足してもこの畑には遠く及ばないくらいだからね。組織的にローラー作戦を行えば確率は高まるだろうが、彼にそんな知能はない」

「もし見つかったら、どうなるの？」

「殺されるだろうね」

「えっ」

「君も知っているとおり、オールビーは何より世間体を気にする男だ。一か月前に来たばかりの東洋人にあることないこと騒がれるくらいなら、自慢のショットガンで射殺して、畑のどこかに埋めてしまったほうが都合がいい。留学生が失踪するのは、この国では大して珍しいことではない。息子の名誉も守れるし、久しぶりに『狩り』を楽しむこともできる」

ワイズマンの口調はどこまでも冷静だった。

寒さが骨まで染みた。

殺される。そこまでは想定していなかった。しかし、ワイズマンは嘘をつかない。やはり一刻も早くこの畑から逃げなくてはいけない。運よく道路に出られてもこんな時間に車は通らないだろう。ならば、隣の畑に移って朝まで身を隠そう。あちらも大きなトウモロコシ畑だ。所有者は、たしかロジャースとかいう気のよさそうな白人のおじいさんだったはずだ。彼ならば助けてくれるかもしれない。

私はワイズマンを摑んで立ち上がり、一歩一歩確かめながら前進を始めた。「おいおい、もう少し優しく扱ってほしいな」とワイズマンが冗談めかして声を発したが、私はそれを無視した。

多少マシになったとはいえ、地面に右足が接地するたび打ち響くような鈍痛が走る。脂汗が出てきて、体をさらに冷やす。私は呻きながら進んだ。

小さいときからよく畑に逃げ込んでいた。親子喧嘩、飼い猫の死、進路相談。密集するトウモロコシは常に私の姿を隠し、護ってくれた。数時間経ち、父が私を見つけ出す頃にはいつも問題はうやむやになっていた。

でも、ここは違う。土地はアメリカで、Ｍｒ．オールビーは父ではない。彼は私を殺そうとしている。話し合いや留保など一切考慮せず、殺害して埋めようとしている。

三十分くらい歩いただろうか。右足の感覚はすでに失われている。どこまで行っても景色がまったく変わらない。どれくらい進んだのかワイズマンに尋ねようとしたけれど、喉が乾ききって声が出せなかった。

誰かをおぶっているかのように体が重く、頭痛がする。めまいもひどい。本当に西に進めているのか確証が失われていく。だんだん頭がぼうっとしてきた。

膝に力が入らず、十センチほどの石を踏んだ弾みで前のめりに転倒した。強く顔を打ちつけたが、痛みはほとんど感じなかった。手放したワイズマンが地面を転がる。

これ以上動けない。もう無理だ。風が吹き、トウモロコシのひげが静かに揺れた。

「大丈夫かい？」

ワイズマンの問いに答えることすらできない。

「脱水だね。早急に水分を摂取する必要がある。葉に夜露がついているから舐めとるんだ」

水分という言葉にだけは反応した。私は這って進み、目の前にあるトウモロコシの葉を舌でなぞった。三滴ほどだろうか。わずかに喉が湿る。私は夢中になり、手近にある葉を次々に舐めとっていった。

不意に遠くからトウモロコシの茎をかきわける音がした。戦慄が走る。聞き違いではない。顔をあげると、右手後方から明かりが見え隠れした。距離はよく分からない。三十ヤードくらいか、いや、もっと近い。

金縛りに遭ったかのように全身が硬直する。オールビー家の従業員だろう。いや、Mr．オールビー本人かもしれない。逃げなくては。相手は一人のようだ。発見される前にここを離れなくては。

「動かない方がいい」ワイズマンが小声で制した。その鋭さがさらに私を緊張させる。

見つかりませんように。見つかりませんように。ワイズマンを抱き、身を縮め強く祈る。発作的に声を上げてしまわないよう自我を押さえつける。張りつめた空気が体に刺さる。

光と音が次第に遠のいていく。このあたりにはいないと判断されたようだ。安全が確保されるまで時間をかけて待ち、ようやくのことで体を起こした。

「危なかったな。かなり近かった」ワイズマンが話しかけてくる。

「見つからないって言ったじゃない」私は低い声で彼を非難する。

「そうは言っていない。私は『可能性は低いだろう』と見込みを述べたのだ」

私は諦め、無言で首を振った。トウモロコシの芯と言い争いするなど不毛以外の何ものでもない。

「追っ手以前に、早いところこの畑から出ないと生命の持続が危うい。人間という生き物は、君が考えているより遥かに脆いものだからね」

「――もういい」声を絞り出す。この状況にもう疲れ果てた。

「おや、これまでずっと夢を実現させてきた君が、こんなところで諦めてしまうのかい？」

「うるさい！」頭に血が昇り、ワイズマンを地面に叩きつけた。

「ひどい仕打ちだな」彼は何事もなかったかのように起き上がる。

夢など何一つ叶えていない。ただ現実から逃げ続けてきただけだ。

「逃げるのは決して悪いことじゃない。それに、君は逃げ道を作るためにきちんと努力してきたじゃないか。浪人が許されない状況で見事に国立大学に合格したし、狭き門を潜り抜けてここアメリカにだって留学できた。普通の者にはなかなかできないことだ。恥じるどころか、胸を張っていい」

「もうやめて。あなたは私が創り出した妄想の産物だから、都合の良いことしか口にしないんでしょ」

「妄想の何が悪いんだい。今、私がいるから、君はかろうじて精神の平衡を保てている」

「もうやめて」私は繰り返す。

「いいや、やめないね。想像力は武器だ。人類が持ちえる最大の武器といっても過言でないだろう。その点、君は相当強力なものを持っている。Ｍｒ．オールビーのショットガンなんかよりもずっと強い。君は古代ローマ時代に書かれた『変身物語』を読んだことはあるかい？」

いったい何の話だ。あるわけがない。

「そこには人に恋された彫刻が遂には人間となる物語や、自己愛が過ぎて花になる者などが描かれている。妄想が、想像が現実になるんだ」

「何を言ってるの？」

「私の体に残っている粒を一つ取り、土に植えるんだ。それは君の豊かな想像力を養分にしてぐんぐん伸びていくだろう。この畑にあるどのトウモロコシよりも太く、逞しい茎だ。粒はどれもはち切れんばかりに瑞々しく、どこを齧っても甘みに溢れている。歓びに満ちた美しい作物だ。君はそれに摑まって空まで飛び、ロジャースの家へ逃げ込むことができる」

「そんなこと――」できるわけがない。

「いや、きっとできる」ワイズマンが即答する。

「本当に？」

「ああ、約束する」

彼がそこまで断言するのならば本当に可能なのかもしれない。根拠もなくそう思えた。

私は残された力を振り絞り、ワイズマンの体から食べ残した粒を抜き取り、地中に植えた。土をかぶせ、葉から掬った水滴をたらす。

目をつむり、想像する。大地を割って芽が現れ、茎となり、みるみる間に成長していく光景を。ワイズマンの子は天を突かんばかりに育ち、龍が舞うようにくねくねと自在に曲がる。私はそれに摑まってロジャースの家まで行くのだ。Ｍr．オールビーやテレンスの驚く顔が浮かび、少しだけ頰が緩まった。

本当にできるだろうか。

きっとできる。

かすかに地割れの音がした。私は茎の先頭に摑まるために身構えた。

初出

雲を離れた月　書き下ろし
ある夜の重力　書き下ろし
7月2日、夜の島で　「2015年度福岡市文学賞受賞記念作品集」
エスケイプ　「たべるのがおそい」vol.3

相川英輔（あいかわ・えいすけ）

1977年生まれ。福岡市在住。

2016年、福岡市文学賞受賞。

2017年、惑星と口笛ブックスより単著『ハイキング』を刊行。

雲を離れた月

2018年6月14日　第1刷発行

著　者　相川 英輔

発行者　田島 安江

発行所　株式会社 書肆侃侃房（しょしかんかんぼう）

〒810-0041 福岡市中央区大名 2-8-18-501
TEL 092-735-2802　FAX 092-735-2792
http://www.kankanbou.com
info@kankanbou.com

編　集　田島 安江／池田 雪（書肆侃侃房）
DTP　園田 直樹（書肆侃侃房）
印刷・製本　シナノ書籍印刷株式会社

ISBN978-4-86385-320-1　C0093